摘日錄

履無盡，忘往無涯。

旅托長暑，騙赤鬱鬱。

情若鳴，何憂其某。

情若真，何憂其慼。

暴——满日暮

草影草影

青森
文化

目錄

情真若揭
情深不折

仰天大笑出門去
我輩豈是蓬蒿人

茶亦醉人何必酒
書能香我不必花

知其不可奈何而安之若命
德之至也

三杯入口
萬慮皆消

不以物喜
不以己悲

順逆無境
心使然

與君初相識
猶如故人歸

情真若揭

情深不折

你信嗎？真愛可以有好多人，真情就一份。

一段情真意切的時光，若結束了，這趟人生也就結束了。

談了一份須臾幾年的情之所至，換來一場轟天動地的心之葬禮。

一顆赤心曾經燃得有多熾烈，之後就葬得有多崩塌。

無聲地陷以後，真情，便一同無聲埋葬了黃土裡。

它代表一個輩子的萌動，一個輩子的結束。

彈指一算，你現在過的是幾輩子？又有多少張前世的臉猶記得？

我只覺得，人之一生，真的好短啊。

短得都記不起愛過甚麼人，有過多少恨。

風火反覆，靜謐來回，活來活去，日子疊下來。

得的，是浮生何如夢之夢；失的，是弱水三千一瓢飲。

「真情若是心之種子，埋了這麼久，也應該重新發芽了吧。
怎麼隨著人的強大，便隨著根，在泥土裡愈扎愈深呢？」

愛過那麼多回，叫了那麼多人露絲。

都忘不了一個露絲瑪莉。

走過那麼多城，搬了那麼多次的家。

都尋不來一個歸宿之感。

或許。

上輩子的東西就該留在那兒。

這輩子再舊地重返，再坐一樣的位置，再看同一片風景。

也已然不再是當初望去的眼神了，自然便知道，所有，都真的留在上輩子了。

人便是貪心。上天許人安度了前世的劫難，人還妄想把失去的感覺找回來。

其實，這輩子只不過是藏著無情的靈魂，住在一副有情的軀殼而已。

也不是太難受。

是有點，心無所依，身無所歸，罷了。

「我一定會與真愛相伴一生，我一定會與真情同葬一體。」

真愛真愛，走得下去，平安合適，不就叫真命伴侶嗎？

偌大的世間，佳人遍地，有那麼難找嗎？

你我都知道，餘生一定有人陪，時節一定有酒喝。

放心，會過得一樣逍遙快活。

別慌，會悲得一樣流暢無聲。

不外乎是。

花柳繁華牽良人，風月筆墨藏故人。

沽飲三杯敬新人，戶戶笙歌悼鄙人。

僅此而已。

「不情不願愛了這麼久，算不算情深？
用情至深藏了這麼久，算不算情真？」

愛露絲愛足了一輩子，就代表，忘露絲瑪莉忘了整整一輩子。

那顆再發不了芽的種子，竟然，用了一世來以情灌念。

本以一生情深解情根，奈何一瓣丹心情若真。

至生到死。

也算落得個至死不渝的結局。

反正，這偌大的樹林裡，講究的從來不是虛實。

要的，只是該怎樣，便怎樣。生為樹木，便該嶄露頭角，光耀門楣。

其餘的，裡面腐不腐爛、悲不悲痛、哀不哀嚎，世界根本充耳不聞。

白駒過隙的生命，隙中間藏何感受，重要嗎？

不管裡面是一腔情真，還是若真若假。統統，都罷了吧。

花草的眼淚尚且從未有人在乎，人家不也是忍著活過來了。

我們一生的悲愁惜痛，一眶眼淚，載得下。

抬高頭，忍一下，就過了。

不如舀一勺紅塵下酒，我願與你一醉方休。

愛的本名叫塵埃，一旦沾染，便難以清明，入心入肺還咳個半死。

而且，沒了這十里迷霧，哪來的西施情人？哪來的生生不厭？

一切歸功於紅粉塵愛，讓人活一趟，能嘗個醉生夢死。

有人恨不得墜落三千紅塵，舔盡杯邊情慾，享盡無邊風華。

有人只願追尋一片佛雲，抽離七情六慾，安度人間八苦。

去留去留，離合離合，入紅塵講究的不是愛，是勇氣。

夠勇，我跳，不眨一下眼睛。

不勇，則避，不拂半分塵埃。

「有人看透而遠離紅塵，有人看清而墮入紅塵。」

時不時總會聽見有人分享身邊朋友墮落的故事。

不外乎那些「一次情傷一生自殘」的例子。

有日下午茶，她喝著凍檸茶，氣悶悶地說起女友人瘋狂換男伴的近況。

此女長得標緻，以前還有過一段八年的婚姻。

就是分手過後性情大變，日子過得有點輕浮。

她咬著扁皺的吸管說道：「真不知她甚麼時候才會清醒。」

坐她身旁的小姨子笑嘻嘻的說：「可能她就是已經清醒了呢？」

一行其他人都相視而笑，默默喝茶。

「他是甘露之惠，我並無此水可還。他既下世為人，我也去下世為人，
但把我一生的眼淚還他，也償還得過他了。」

—— 《紅樓夢》

古書有林黛玉為還眼淚墜入紛紛紅塵，揉磨於人間。

目下有鶯鶯燕燕為還情債墮入春滿世間，沉淪於亂世。

一切都是色蘊罷了，緣何不可？

不食遍人間煙火，不食過樹上禁果，何以謂人。

不嘗遍貪嗔癡愛，黛玉也還不清眼淚，功德也不得圓滿。

此生為因是果，誰也不得而知。

「入紅塵又好，離俗塵也罷，都不過是造債還債的循環。」

因果，既是循環。

又怎知這一生是果，還是因？又怎知這一身塵寰不是注定的呢？

有時候，滿身煙火氣的人，也不知緣由地總會沾上。

一覺醒來，就不知睡在何處，躺個甚麼人。這大概就是命。

可能，轉世於人間的林黛玉，也曾疑惑：

「為何我一生才華橫溢，絕頂聰明，但只要對著賈寶玉，眼淚就停不下來。」

她又怎知這英華洋溢的一生，只是前世絳珠仙子的報恩之命。

不僅要還清眼淚，還得為情而散滅，才算圓滿。

所以，誰敢說墮落之人沒積功德？人家分分鐘比你還努力還債呢。

「如果你不說，我今生就不還清，那麼，我們下世再見；
如果你遲疑，我們就把一生情愛配酒舉杯，那麼，永不復見。」

一直以來，凡需要壯膽才做成的，我都避之則吉，平安為上。

甚麼極限運動、甚麼機動遊戲，就連區區游泳也無緣學成。

更何況要跌進三千紅塵，這到底需要多大的勇氣，才足以不枉此生呢。

生而為人，能有足夠底氣向老天說一句「不悔」。難，太難。

我是膽若鼷鼠，沒種得人人得以嘲之。

但如果。

對我伸手的是你，向我遙望的是你。

我便頂著無窮懼寒，兩眼只看著你一人，雙腳一躍，墜入大千俗世的深淵。

任滾滾紅塵染我倆一身華飾，粉末之間寄語永不回頭。

可好？

如果他多情泛戀叫濫，難道你重情痴戀不濫？

任何過份容易妥協之事，皆謂之濫。

濫用資源、濫用金錢、濫用權力等等，人之常犯。

說明人濫，才算正常。

能叫老百姓指著鼻子說一句「真是濫啊」，大概是現象引起了不少風波。

直當影響到日常生活的運轉，該項「濫」，就有需要被掘出來，道德抨擊一下。

比如濫藥，如果後世不是吃到變傻了，會被公審嗎？

也不見得滿街抽的香煙有被攤出來，好好撕裂撕裂。

這也是北極那片大冰原還未開始融化之前。

人類從未覺得自己濫用地球資源，從不覺得自己糟蹋天地的道理。

濫而不知，知而再濫，便是我們。

「人一濫情，所謂情，便由無價跌至無價。」

猶記得十多年前，一位友人連環開罵沉淪感情傷痛的我。

「你的愛，就如此一文不值嗎？有必要做那麼低賤嗎？」

人就是奇妙，明明沉溺了半世紀，就因一句話醍醐灌頂，就這樣醒了。

再細想，無論是負心變節的對方，還是癡心付出的自己，都濫得很。

他濫給人，我濫給他，皆無底線，相煎何太急。

人與人之間，一旦沒了界限，便會迎來終結。

沒上限的情愛，便等同於，沒下限的毀壞。

由你一滴不漏地傾瀉全部的愛開始，這份無價之愛，便步進了邊際遞減裡面。

愈無條件的給，就愈無條件的收不到。愈是無價，愈會無價。

人何時質疑過空氣會有一天用盡的？

他們想的，只是又忘了叫 Siri 開好冷氣等自己涼涼進家門。

這便是無限的後果。

「人家濫，濫個漁翁撇情，濫得一趟花心神仙；
你倒好，濫個始終不渝，濫得一生死不瞑目。」

太輕易答應拱手送人的，要麼完全不重要，要麼就是太重要。
不珍惜而給他的，和太珍惜而只給他的。
掂量一番，都不見得是條光明道。
為何必要為濫情選個一二呢？
細細想來，在這個既虛還實的世間活著。
陰陽從不是一個選項，是一個指標，一個導人邁向中庸的指標。

反正我們始終逃不過濫情的劫，何不濫得值些。
我承認，心中的愛，是洪荒如大海；
但以後，對你的情，必長流如細水。
往來可永恆，斷流可當刻。
十分的感情，得分批，或屏蔽。
斷不可一覽而盡，人家看你都濫得如此不珍貴，他又何必珍惜？
換作是你，盡收眼底之物，怕甚麼失去？

「我是真濫情，濫得無人知曉，濫得無人相信。」

一句不捨得，憾動不了人；一句不要走，說服不了人。
世人皆認為，心下清明之人，有甚麼濫情後遺症，有甚麼是受不了的？
在我身上，比起不捨得，人們更相信斷捨離。
在他人眼裡，我更應該是個狠心之人。沒有不理智，沒有不邏輯。
即便到了一天，把畢生的情話都說了出口。
都只換來一笑而置之，勸我不要勉強。
此情此刻，也只好仰頭一笑。
或許你是對的。
我是世間上對自己最狠心的，濫情種。

我是真的日日都惦念，但也真的生生不要再見。

小時候讀到「天下無不散之筵席」，心裡納悶了許久。

覺著既然注定要散，何必非要一起度過如此美好的時光。

讓人捨不得又不得不捨得離開呢？這不是瞎折騰，作繭自縛嗎？

長大以後，這些被老百姓管叫「不求天長地久只求曾經擁有」、

「至少我們開心過」、「緣來緣去不由己」……。

一個聚，一個散，都叫人寫下海量的名句格言，來教世人一個看開。

到底是真的筵席太難忘，還是人心太執著？

「一聚一散最傷神，還不如不聚的好，所以向來喜散不喜聚。」

——《紅樓夢》

友人跟前妻經已離婚五年有多，但個個都知道他的錢包還夾著她的照片。

原封不動，寶寶照、證件照、結婚照幾張重疊在那片黃舊的透明膠片後。

他還在背後悄悄幫她搭關係訂到最好的醫院，好讓她安然生下新丈夫的寶寶。

前陣子校友聚會明明他是會長，但卻打死不出席。

我打了過去還沒開口，他就一句塞了過來：

「不去！我不要見她，這輩子都不要。」

他在電話裡的語氣並不生氣，也不嫌棄，只是比任何時候都認真嚴肅。

或許他真的承受不了跟這個人再一次的相聚，再一次的散別。

就算按捺不住餘生去思念，但絕對控制得住不去見妳。

「世間上很多東西只適合遠觀，比如山火、星河，還有你。」

對於飛蛾來說，火是絕不能碰的，即便有多麼熠熠生輝，有多麼風嬌日暖。

這玩意兒，看是挺好看的，但一靠近，非死即傷。

不是牠不夠愛這堆火，也不是這火不值得牠奮不顧身撲進去。

但飛蛾還是選擇待在不遠處，靜悄悄地看著它。
因為牠還不想死，牠還想一直看著，一直看著。
最好無人察覺牠的存在，無人妨礙牠待在溫和暖光旁邊，取暖度日。

一晚酒局，友人半醉的身子晃來晃去，自己囉嗦起來。
「每晚凌晨大概一點半，都是確認她生活無礙的時間。」
「怎麼檢查？爬到人家窗口不成？」對面的鬍鬚小伙子隨口一問。
「隨便的看看臉書，掃掃照片和動態。」
「算了吧，這樣有意思嗎？」小伙子沒氣地嘲笑。
「有啊。」友人接著笑說。
「我得睡得好，不得不看。」

「放下和看開我學得太早，無法子想起離散之人。
像你無法子想起落地之雨一樣。不是不想，是想不起來。」

比起相聚的起鬨，我更重視散別的時刻。
一酌酒，一碰杯，一回頭，就也許真的不復相見。
所以，離別當刻，給十足的誠意告別；離別以後，誰也不要記得誰。
管他筵席三千，管他緣起緣滅，就此作罷。
落花流水不留印，誰又知誰情更真？

「勸君更盡一杯酒，西出陽關無故人。」
——王維《渭城曲／送元二使安西》

我們曾經一同在這小桌上酌酒吟詩，款斟漫飲。那個笑顏，我記得；
我們曾經一同在這小橋上談笑風生，擷花折柳。那陣清風，我也記得；
但最後你我相對無言，待沽飲三杯，一盡始散。那次離別，永世難忘。
所以，生命裡有沒有你，有。
但餘生認不認識你，不認識，從無此人。

我一生的悲喜都不過為你，但你說人一生都不過如戲。

有次晚飯，開了齣《胭脂扣》來送飯。

電影將近完結，她說：

「如花真傻，好好去投胎不就好了，何必苦苦拗死在一個壞男子身上呢？」

看了看她，我喝口湯道：

「如果她不是這樣，十二少又怎會面對悔恨？如花又怎能踏實離去？」

她戚眉笑道：

「身為風月女子，甚麼定約終身的事兒，就不該那麼認真嘛。」

「人生不過兩個字，如夢！」

——《新喜劇之王》

感情最可怕之處在於，此刻為真，下刻或許未退，再之後不得而知了。

有沒有數過一生中有多少個人，曾說過：「永遠愛你一個。」

不想由至可，一想連面孔都看不清。說過的一般都不在的，這大抵是句詛咒。

兒時奶奶常對我們說：「做人千萬不要講過頭說話。」

實屬大智大慧。

感情世界裡，真的時候是真如珍珠，真的可以愛你一世，真的愛得深如大海。

至少當下那刻，一定是。

就像個個求婚的被求婚的，當下必然握緊那圈決心愛到底的拳頭。

但甚麼時候鬆開，誰也無從知曉，誰也沒敢說準。

若有天某人說：「我活到九十歲都那麼愛你。」

我勸你最好有他九秒鐘後就可能不愛的心理準備，或許他的潛台詞是不會讓自己活到九十歲的。此話就如設立一個未知幾時響的鬧鐘，一旦到點兒鬧醒了。你問：「你的愛不是珍珠般真嗎？」他往地上一扔：

「你看，我也不知這是粒塑膠的假珠。不如，當做了場夢罷了。」

「恨台上卿卿或台下我我，不是我跟你。」

——梅豔芳 《似是故人來》

某年某個深秋，一長一短的身影在樹廊中漫步，走著說著。
「待我學成，我們去京都看最美的紅葉。」
「待我業成，我們開架紅色的車去長途旅行。」

十年過去，京都去了，紅葉看了，照片也拍了許多。
只是照片中摟住左肩的手，沒他的手厚大，拍的照片也不少是朦朧不清的。
只是紅葉開得依然豔麗，相中人笑得依然粲齒。
同日夜晚，有人心頭一湧點開某個用戶動態。
整齊的九宮格裡有人拿著飲料，背靠著一輛跑車，笑得嫣然。
車是紅色的，車牌是熟悉的密碼，只是那人，頭髮長了些。

看來，願望都實現了，承諾也沒失約。
只是這台戲，主角換了別人，換了唱腔。
沒關係，觀眾不會發現任何端倪。
至少沒人會知道，這戲本來是唱秦腔的，除了台下的你。

忽然林黛玉問道：「寶玉，你為甚麼病了？」
寶玉笑道：「我為林姑娘病了。」

——《紅樓夢》

所謂七情六慾，不過是你。
所謂人生六苦，不過是你。
所謂世間，不過是你。

可你說。
所謂人生，不過如戲。

仰天大笑出門去

我輩豈是蓬蒿人

你有你的生活得失，我有我的不得不失。

身邊有沒有人，總會時不時用各樣由頭質疑你的活法？
「你這樣子怎麼行」「你應該這樣那樣」「你最好就這樣」……
芸芸說辭，擲地有聲，一個建議跟著一個質問。
猶像開書講課之勢，但要真把話聽完，恐怕沒個終結。
其實，怎麼做人，真有一套公式嗎？
為何就準你投入得失裡面，就不許人活得失以外呢？
這世道有那麼霸道的嗎？非得把人拉下潭裡，再置喙醜小鴨不合群。
世界之大，湖泊之廣，誰說天鵝一定是最好的呢？

「生命是一次次未知的轉盤，你看的是轉到甚麼，我看的是怎麼去轉。」

無時無刻，不知所措，隨時隨刻，重新起航。
下一秒永遠不知，下一天永遠空白；這一時風光無限，下一刻無人問津。
盡其全力，都安排不了，都掌握不了。
到底還是回到了盡人事聽天命。
大概，這就叫生命。

終其一生。
到底要轉多少次福禍未卜的盤子，到底要闖多少個心中無數的關卡。
高山又好，低谷也罷，不過為暫時之勢。
活著最引人入勝之處便是如此，萬事皆虛，卻能叫人，踏實而進。
猶像愛麗絲夢遊仙境，走到哪，遇上誰，有何結局，除了天地，誰還料到？
罷了，反正無論怎麼死盯著轉盤，真正停下來之前，都不知命落何方。
我在乎的，只是每次站在轉盤前，一片內心的大自在。
福到禍臨，悠悠度之；福兮禍兮，相伏相倚。
或許，心靈自由者，真有次給你轉到個時間自由、財富自由呢？哈。

「不能聽命於自己者，就要受命於他人。」

──尼采

我覺得吧。

每人都有屬於自己應得的活法。

人類歷史上，或許會有些優秀的模楷，造福後世。

但一定不會有生活方式的最佳典範，供人模仿。

人樣尚且拷貝不了，更何況活法呢？

但遺憾地。

這個人類社會，就喜歡把人從一出生，就向著某些理想的人設中推進。

在沒有粗獷主義的名畫面世之前。

所有藝術家都得修養該有的節操，得矜持自重，溫文典雅。

簡言之，這個世界，需要的是先河。

不然，世俗便會把人們推到歷史的舊河裡，任其淹沒，叫不出一聲可憐。

你向後看一下，不想隨波逐流，就得逆水行舟。

要想逆水行舟，就得先受千夫所指，穩得住腳，未來，你便是先河。

雖然，在生命的洪流裡一晃而過。

但活得一趟短暫的人生叫自己，總好過長命百歲淹淹一息。

始終，水能載舟，亦能覆舟啊。

「生活最好的狀態是冷冷清清地風風火火。」

──《雲雀叫了一整天》

有人說我半步不出閨門，快成獨居老人，應該出外交際應酬；

有人說我揮霍無度，總是鮮衣怒馬，應該省錢未焚徙薪；

有人說我美酒佳餚無伊人，不懂生活情趣，應該尋伴共度良宵。

不錯。

這一切的「應該」也許是個挺好的選擇，但暫且，不會是我的選擇。

子非魚，安知魚之樂？又焉知魚不樂？
對人而言，這些可能是為了生活而下的決定。
對我而言，這些不過是為了自在而生的態度罷了。
沒有目的，沒有期待，只為當下之悅。

始終，在這遍世間。
美酒佳人伴，春宵一夜宿，好是好。
逍遙醉開顏，明月伴清心，難上難。

寫作就是沒有目的，方能為文字賦予生命。

人類就是喜歡瞎折騰的動物。

白天沒事就想想工作之目的，晚上睡不著又糾纏活著的意義。

不把身邊所有事物給生安白造個意義來，絕不罷休。

就連一曇在頭頂上剛好飄過的白雲，也得糾結人家的由來。

由始，至終，也得瞭如指掌。因為人類相信世上每一個存在，都必有其意思。

才有這從古到今，世世代代都在糾纏的人生意義。

不得不從小就自教育系統來入手；不得不構造一個大社會體制來定型；

不得不以一輩子的勞動來完整人「生之意義」。

那麼，人生意義就老早給定好了。

人類，再也無必要在此糾纏，再也無暇在此費心費神。

因為，我們光是在這片洪流中活著，已然心力交瘁，元神耗半。

哪來的資格去想生而為人的真正意義呢。

「幸好生命是沒被灌下意義，若是設好了，大概我也就不用活了。」

小時候父母教我，做每一件事情，都得有目的才行，沒目的的事情做來作甚？

那時心裡便想，那我每一秒活著是否有目的呢，對地球是否有著甚麼益處呢？

也許正因如此，卡通片的主角，總是群帶有使命的孩子，得為世界做點甚麼。

卡通在小朋友心裡埋藏了意義感、使命感的種子，是一種正義的彰顯。

可惜，不是每個小朋友都是被選中的孩子。

我們，沒有被賦予的使命，沒有被安排的劇情，沒有必然的美好結局。

我們注定，是一群擁有自己做人意義的小孩兒。

我們才是，真正的幸運兒。

至少，我一定不喜歡整天想著做惡懲奸，日日變身。

所以，兒時看卡通時，覺著主角們，真慘。

非但不能細味校園生活，放學還得打壞人，自由何在。

「如果每一樣事情都得有其意義才能做，那首先不用存在的，必然是我。」

打球的教練問我：你打球的目的是甚麼。
身邊的知己問我：你寫作的目的是甚麼。
他鄉的父母問我：你做人的目的到底是甚麼。

為何一定要有目的，才能心安理得去做呢？
想做，就做，這樣一個舉動，錯了嗎？
若是給予了一個目的在裡頭，有天沒了這目的，就不做了是嗎？
我才做那麼一回人，硬要強加一個為人的目的在裡面。
若有天真的不小心喪失了這塊目的，那這人，是否便不必做下去了。
如果一個人沒了目的、沒了慾望、沒了終點站，就沒了動力。
試問，你當真了解自己在做的是甚麼嗎？

還是一直以來，你只是為了某個不知在何方的寶藏，才揚帆起航的呢？
我沒大志，更沒出息。
航行，只為看悠悠大海，過一回逍遙日子。
沒甚麼大意義，沒甚麼大夢想。
甚麼時候停下來，甚麼時候轉方向。
天知，地知，我不知。

「我期待每一個無意義的明天，我期待每一個無意義的文字，任我灌溉。」

或許。
寫著寫著，有天就想不寫了。
活著活著，有天就覺得活夠了。

我任風驅帆，我任命駛之。
唯獨，不任人擺佈。

童年只是走過的一段風景，不往後看就沒陰影。

偶然逛書店，被推薦書的分區吸引住眼球，是一本韓國的治癒心靈創傷之書。
我從來都不怎麼看心理導向的書，少時看著大堆心靈雞湯大賣，實感稀奇。
或許當時出於修哲者的年少氣盛，內心暗裡嘮叨了一句：
「人，脆弱得連思想意志都要靠他人來建立。」
經年已去，實在為當時之無知大話羞愧難當，大跪三拜。

「人家撕裂你，你又願乖乖站著被人撕？
怨的是不公不幸嗎？怨怨無謂地以弱者自居的自己吧。」

繼續說那本書，吸睛的不是封面、作者、贈品等的因素，是書面上的兩行字：
「幸運的人用童年治癒一生，不幸的人用一生治癒童年。」
我的媽呀，當時想，這到底是治癒心靈，還是撕裂心靈的呀？
何必率先於封面把人心手撕開，再要人看完整部書來治癒是嗎？
這也太不友善了，該，該買。

寫心理書的用童年做引子，拍戲的用童年做調味，搞宗教的又用童年做藥引。
無可否認，這實在是現代人最會自畫的地牢。
一不小心，這一圈就圈到死那天，叫又叫不出，走又走不出，難受。
十個人頭，大概有一半以上都悄悄在心裡畫了這圈兒，無人知曉，無法察覺。
難怪這社會層出不窮地利用此點了，真是乘人之危，趁虛而入之舉啊。
該死的套路，該死的人心。

「吃過天底下最噁的食物，拉過天底下最臭的屎，又如何？早沖走了。」

寫完這句都彷彿聞到甚麼似的，噴。
一想，都想吐了，再想，就不願再回想。
對待那陀臭氣熏天的屎尚會懂得立刻沖走，細語此生不復再見。

試問誰會不斷回憶那陀便便的氣味，然後成了此生忘卻不了的記憶陰影？

這不是明擺著自虐嗎？

如要比各人的這塊兒陰影面積，你若贏了，也是多靠自己的變態。

實情不過是唐伯虎於華府門前隨手執起小強，哭喪為天下至慘之人罷了。

他為秋香；你為，遺憾美嗎？

不願面對之事，就得讓它隨時間之河，順理成章地流往忘川之境。

何必與天道作對，硬要把腐爛物提到眼前，熏死自己呢？

果子爛了，就讓它好好的，沉歸大地，不再提起，才對得起大樹艱辛的生存。

說到底，像我們這些爛透了童年的人，能活到今天，真不容易呀。

每一口氣都是爭來的，每一個明天都是活過來的。

何必為苦中得來之樂，再增添無謂的重量呢？

舊時，沖了落海的了。

「苦其心智不為斯人大任，只為從此柔腸百結地百毒不侵。」

我為年少時內心想過的話而慚愧。

人，是真需要思想家來引導，才不至於繞大圈兒的。

真是掌摑自己一大巴呀。

並非說明人心脆弱，是人心這玩意兒，不引導，必自毀。

人心就如野狗，不從一開始就勒著脖子來好生牧養，便橫衝直撞。

不到出血都不罷休，不到大禍都不知臨頭。

真讓人天生天養，不論閣下還是鄙人，要麼了結了人，要麼了結了自己。

幸之，這波人類出了不少神人，留下了不少智慧。

以致我們懂得以學習來自我了解、自我教育、自我療癒，乃至真正成熟為人。

你我都沒有大任，你我都不是斯人。

早早給吃苦，只是老天垂憐，望君早日萬箭穿心，以保來日刀槍不入。

區區一個過去的童年，Level One 的東西罷了。

「蘭姆說：『童年的朋友，就像童年的衣裳，長大了就穿不著了。
在不能惋惜童年的朋友之後，也只能不再惋惜童年見過的街。』」

——《那街仍是那樣》

那十多年的光境，有的畫面猶新，有的記憶破碎。
或多或少，那些時日造就了今日的自己。
怨過、恨過、痛過，翻騰萬遍，還不是一樣深呼吸，再仰首闊步，瀟灑行走。
日子久了，心大了，自然也掀不起甚麼浪了。

有時候，看著一個個面目依舊的陌生人。
真感嘆，我們不是一樣是動物嗎？
您若敢真的捨棄，搭一句：「長大了，自己飛，不要回來。」
我自然，絲毫不怨，也無從可怨，並心生敬畏。
我也，便從此自由了。

最怕。
這一個個小人頭，又要帶光環，又不願繳電費。
罷了。
這一張張帳單，付得起。
這一次次傷痛，經得起。
這一趟人生，我擔當得起。

時時刻刻的放棄之間，一步一晃堅持到天涯。

坊間總有不少勵志人心的頻道、書籍、講座等等。

都離不開講述富人和窮人的思想模式之別，以各種演繹來「助人擺脫平庸」。

對我而言，在各大媒體之中，稱得上會看的，就只有講座。

或許是天生喜愛聽人說書的性子吧。

只要臺上人願意拿誠心來講話，我便願意拿誠意來細聽。

雖則這些成功人士在臺上，也免不了只暴露些許真相，其餘的都只是戲法。

但無可厚非，得著和引悟，確是有的。

更多的是，或者是我他媽的藍色窗簾，每每又會悟到另一層的意思上去。

理解，也是世上其中一有趣之事啊。

「你深覺自己是寒門，便始終離不開寒門；
你深信自己屬朱門，便從此只邁向頂峰。」

人的配置，分為先天和後天。

無可爭議，先天的配套尤其重要，也是最叫人無可奈何。

基因、性別、外型、健康、甚至家世⋯⋯這些都由不得我們選擇。

如王維基先生說的：「這是命，也是運。」

有些人遊戲第一天開始，生成角色時已經是高配 VIP，有著各樣資源。

自己就毫無意外的做草民，背包裡沒甚麼管用的傢伙，頂多一根救命的稻草。

往明亮處想，當是上天給的考驗和劫難，沒甚麼大不了，渡了過了就行。

往陰暗裡想，可說這叫隨機的不幸，也可說這就叫世道。

我覺得吧，生而為人，還是不要向世道怨懟，踏踏實實的往高處走吧。

誰說 Level 1 的玩家不能打上大神榜？

誰說天生會飛的望族不會被地上之人打下來？

在這個無對無錯，福禍並存的國度裡生存。

講究的，還是眼界和格局啊。

「哪有甚麼大神？不過是看了誰都不願花時間看的，一篇萬字攻略罷了。」

身邊的同學們跟我很不一樣。

以前只知道行行出狀元，活久了發現行行的狀元都是同窗。

時不時就在新聞媒體又蹦出來一個：「哎，這不是誰嗎？」

在這一片英才雲集的生活圈裡，閑時自我感覺還挺好的。

有次船上一聚，美女同學一個勁兒的羨慕人家天生聰穎，命真好。

一律政界菁英吃著餅說：「哪來的命好，都是撿了別人不要的東西研究而已。」

在別人的耳朵裡，或許聽出的是謙虛言辭，連忙再去奉承。

可我真覺得此話甚是真誠。

機會就擺在那兒，書庫就晾在那兒，抉擇就在自己手裡。

你不願去，你不願拿。那怨誰呢？又羨慕誰呢？

羨慕人家犧牲得來之物，會否有點太不地道了。

「您真誤會了，我愛自己，比愛功勛多了。」

小時候在樂園玩得興起時，旁邊的大叔突然說：

「在你玩得如此忘形之時，考頭三名的同學正在埋頭苦幹呢。」

頓時，我待了幾秒鐘。

他以為我該是有所徹悟。

我看了看他得戚的嘴臉，心裡想：

「世上怎能有如此掃興之人，不行，得撤。」

為了有愉快的旅途，直接閃到了大人看不見的地方，玩得可盡興了。

我很小的時候便把工作和玩樂分得很開。

玩的時候絕不幹活，做事的時候……盡量不玩。

所以，在我命裡早就沒有選擇成為大神這條路。

這便是後天的選擇，我不屑朱門，也不鄙庶族。

終其一生，只想平平淡淡地風風火火。

「誰曾想，不斷在放棄與堅持之間拉扯半生，一步鼓勵一步忍耐。
走到步履蹣跚一抬頭，才剛走到了安定二字。」

但原來。

平淡、純粹、幸福……這些個本以為是最低等級的生活。

以為這是給自己定的最低要求，以為這一切都不難實現。

誰又料到。

單是把這些及格標準都平衡個遍，已然耗了人半顆元神。

得幸福時簡單不了；得平淡時幸福不了；得純粹時就甚麼都不想要。

在人生僅有的些許目標，跟自然邁向的無慾無求之間。

每分每刻，我都拿命，想堅持走下去，想永無終點的走下去。

志合之人，自然明白這有多折騰。

果然。

有成就，做了偉人，就沒有生活。

有生活，有了安定，就沒有偉業。

寫了情詩，做了詩人，就沒有了愛情。

寫了散文，做了作者，就沒有了私隱。

這不，你也知道這兒有個不情不願而上進的筆者嗎？

學習不是為了賺錢，是為了不受委屈的先決條件。

你知道這個世界被壓榨得最多是甚麼人嗎？低下階層。
你知道這個社會被欺負得最多是甚麼人嗎？無知之人。
你知道整個人生都伴隨著屈辱是甚麼感覺嗎？孤立無援，永不止歇。

人人生來都不過四肢五官六感，為了不受委屈的活著。
都會利用先天伴來的默認配置，管他是金鑰匙還是銅鑰匙，都是資源。
這些上天給的標配，皆為遊戲開始時最初設定的「角色使命」。
該有的口袋都有，沒有的也不至於活不下去，還是留有生路叫人自行爭取。
還得在後天憑一己之力，刷積分、爭頭銜、攢家產、把裝備值打爆錶。
傾盡半生心力就為了一片殊榮，為了一張臉面嗎？
其實只不過為了不被人欺凌，不被人看不起，不被人踩在腳下。
在這虛擬國度裡，單是保持現有的幸福與安穩。
都已然筋疲力歇，喘不過氣，還得死掛著一臉輕鬆地與人談笑風生。
殘忍，且強大。

「學習，是為了你想開口時，沒人敢打斷你；
努力，是為了你想夾菜時，沒人敢轉盤子。」

俗話說「見高拜見低踩」乃是凡為社會性結構的物種，都避免不了的現實。
微如螻蟻蜜蜂，強如虎鯨獅子，家家那本難唸的經，都雷同一律，一樣難受。
被人踩時又忍不住欺凌弱者，被人拜時又不忘奉承他人，節奏完美循環。
作為無足輕重的一粒小人，也只能坦然接受這等恆久不變的風氣。
不要期望會有「不踩不拜」之人出現，因為即便是教徒跟和尚，也會如此。
所以遇到有品之人乃是福氣，遇到沒品之人乃是常態。
畢竟俗話說「發財方會立品」。
七十億人，哪來那麼多人發財啊？

幸之，同族的人類大多都有同一觀點，就是敬仰知識。

人的內心深處都藏著一顆求知之心，也可說是八卦之心。

可知都想知，能學都想學，能看都想看，就算失敗也要試一下。

這也是為何在日本能被稱為「先生」的人，都必須有一定的知識地位。

比如醫生律師政治家等等，都是人們敬畏學識的尊稱。

多橫蠻狂妄的大老闆，到了跟知識份子打交道的時候。

縱然不會肅然起敬，也會把口氣稍稍調一下，場面不至於猙獰難看。

欠不欠虐？賤不賤性？

**「女孩子最好的嫁妝是一張名校文憑，千萬別靠它吃飯，否則也還是苦死。
帶著它嫁人，夫家不敢欺負有學歷的媳婦。」**

——亦舒

舊時的年代，女人可以甚麼都不會，只要嫁得個好人家。

淨身入戶也不是甚麼罪過，或許會被夫家誇妳無才便是德呢。

現如今的年代，女人比男人更需要財富、更需要學識，方敢嫁人。

因為這是最起碼能保證一個女人不被欺負的基本底氣。

妳可以不靠這些糊口，但口袋裡必須得有，才能安心地活下去。

至少可以不加思索地滿足自我慾望，不必生怕先斬之後如何奏；

至少面對如洪水猛獸的家族聚會時，雙眼能堅定如炬，毫不退縮，沉實得體；

至少真受著委屈時，能有份量去大方轉身就走，無疑無悔。

是因為學識令妳不甘受辱想走。

但因為財富妳才能真正的走出去。

誰說結婚至少要戒指三卡、婚紗三萬、筵席三千？

左一沙紙右一存摺，足矣。

茶亦醉人何必酒

書能香我不必花

群居令人生厭，獨居最好得閒見一見。

每當去完比較正式的社交場合，腦海都有同一想法湧上心頭，揮之不去：
「如果可以不群居，那該有多好。」大概有不少外向孤獨患者都會深有同感。

只要踏上社交舞台上，就立刻被繫上手腳，成為與大眾無差的扯線木偶。
說該說的老套話，走該走的社交步伐，跳該跳的社交舞。
端莊優雅，儀態萬千，一個轉圈，多完美。還得歸功於拉線的本人。
多得您，一個活生生的人，就這樣被拉成這俗臭系統的其中一塊齒輪。
一旦開始，就永無停頓之日，除非你願意整個社交系統都壞掉。
雖則這等場合去多了真會短壽，但完全擺脫又未必活得下去。
兩者之間，短壽比較易過關。

「下輩子投胎想做甚麼？」
「做鳥兒吧。」「為何？」
「生來自帶自由，活著沒有社會。還有比這更強大的嗎？」

當然，不群居三個字本就不切實際。
世人都認同人類是群居動物，不像鷹、虎、豹，特立獨行。
而我就像是大熊貓，本就不喜歡群居，卻被迫要跟其他同類湊在一起。
還是帶目的性的湊合，看著心煩。
每天幹該幹的事兒，吃該吃的喝該喝的，都不過為了完成任務。
成家立業也好，生兒育女也罷，反正沒人考慮過，根本熊貓就不想幹這些事。

有沒有想過熊貓這物種會走到這一步，其實是注定要滅絕的呢？
當一種動物連繁延後代都不願的時候，已經走到了盡頭。也許人類不作干涉，
人家早就完成了天命，何必像如今日日困在一個小箱，苟延殘喘，真是侮辱。
我若真是大熊貓，就一刀以謝天下，用不著人類為我操心。

「願我們都能在群居世界中獨居而行。」

要擺脫群居體制根本是天方夜譚，只要還住在地球的主要地帶，就得順著做齒輪。住在高樓一小格，都得交管理費；住在深山一大塊，都得開車去入油。

人就是如此脆弱無能，又要厭世，又無能力活於社會以外。

反觀在世界上活得面面俱圓，持著萬能唇舌之人，一般俗稱「世界仔」。

實話說，要做到面對十六型人格都討喜。

這活得該有多累啊！

像我這等孤獨慣了的人，看著他們除了佩服，就只有羨慕。

這大概是我一輩子都做不到的境界吧，平時少點誤會就已然大幸了。

直言不諱會被認為是毒舌，不夠圓滑；

迴避社交場合會被認為是高冷，自命清高；

就連想獨自靜靜生活，日復一日，都會被認為是過份孤僻。

不懂人情世故，日子無趣等等的標籤接踵而來，多變著呢。

其實啊。

實情只是你適合做蜜蜂，我適合做貓而已。

都是地球的一份子，貓和蜜蜂較勁有意思嗎？

「貓：我願為你一人放棄自由，我願為你一人學習同居。」

貓貓從不是群居動物並非新鮮事。

千年下來。

貓貓有著獨居自主的靈魂，甘心配合著人類的群居生活。

有種說法是，人類從沒馴服貓，是貓為了人類馴化自己。

像不像我們每一個厭世之人。

社會並沒有說服我留在這地，我是為了某人才甘於活在此處。

學習這裡的規矩，融入這裡的世界，活出你最愛的模樣。

並把持在這股大力量的氛圍下，仍能活出自己，不忘自在本心。

我想，如果沒了愛之眷戀。

任哪隻貓都會一個轉身，遠離此地，重投逍遙世間。

「悄悄的我走了，正如我悄悄的來；我揮一揮衣袖，不帶走一片雲彩。」

——徐志摩

獨居老人之所以被世俗看作謂可憐。

大概是覺得作為人而孤獨死去，屬為悲哀之事。

相比其他動物。

同為群居的物種，同有天賦的靈魂。

只因為多了一份宗教，人之死去，霎然變得複雜且關鍵。

儀式感是生活的味精，也是生命的負擔。

愈是無關至要的冠冕，人人愈是趨之若鶩。

花兒也是一大片的群生，狼兒也是一大堆的群居。

只是牠們各自各的體悟天下，各自各的回歸大地，天道至常。

苦嗎？可憐嗎？

花兒的離去，或許只有風記得。

但至少牠能安靜地仰頭望天，比誰都能感知世上之光。

在一輪旭日的暖意下，看生命最後一個黃昏西沉。

細細想來。

花兒生而純粹，活而絢爛，死而浪漫。

我們人，大概永遠都及不上，半分。

人情味不論真假，好過與人裝聾作啞。

「說話那麼假惺惺的，倒不如不說，大家當看不見算了。」

劉阿姨邊打麻雀邊說起新搬來的鄰居，打個招呼都顯得虛假。

「不跟妳打招呼又被說不禮貌，跟妳打了招呼又被說作態作假，真難侍候。」

對面的何嬸輕佻地笑著摸牌。

同枱四人都似笑非笑地噼里啪啦一下午。

「誰也不知這世界到底是真是假，不如從容接受祂呈現於人前的一切萬象。」

該真時讓其真，該假時任其假。

該離開時莫要糾結，該接受時唯有大度。

這人活得才不苦惱。

連僅存的人情味都糾葛一番，太閒，太閒了。

人就活那麼點兒時日，真要非得樣樣人事物，都往虛實裡糾纏個你死我活嗎？

那如果一出生就有人說，人是假的。

那接下來的幾十餘年，人們是不是就幸福多了呢？

不管黑貓白貓，能捉到老鼠就是好貓。

不管孰虛孰實，能安然成就事情就是恰當。

誰又敢說枕邊人之愛，是百分百的愛得至死不渝呢？

「淡淡地濃，濃濃地淡，人情味是這樣的。」

——《雲雀叫了一整天》

古往今來，女人總離不開以色事人，是謂一生存之道。

而人與人之間，講究的不過是以禮事人，也是唯一長久的處世之道。

相處，都是以禮弄人，以禮傷人，以禮待人，以禮愛人。

湊合湊合，就有了人情。為了還一份份的人情，就有了人際關係。

莊子說的好：君子之交淡如水，小人之交甘若醴。

先別管面前的是君子還是小人，先別管杯中物是濃是淡。

至少，他遞給了你，就不能失禮，必須得好好接著。

你敬我一杯我先敬又一杯，沒幾回，也許就能相敬如賓，相待相親。

好酒是釀的，人情也是醞的。

君子也會有小人之時，小人也會對人行君子之舉。

杯中酒，懷中情，是淡得濃，還是濃得淡，誰又說得準。

喝起來好喝，笑起來好看，完美。

「要白浪滔天之海變平靜，時間幫得上忙；
想水平如鏡之湖變洶湧，此生未必夠等。」

世上許多東西，晾得久了，就難以再用。

機器算一樣，人心算一樣。僻靜太久，一旦挪動就不懂如何反應。

遞過來的一杯杯酒，並非不想接，而是錯過了動手的最佳時刻。

就立刻讓人覺得，這人，靠近不得，這人情，交往不得。

其實，或許湖的心裡也不想自己只得涓涓細流，躍不起半寸琉璃。

她只是自然而然地，靜著待著就成了漣漣湖水。

恬淡成水天一色，清澈得一睹見底，叫誰也只願遠觀不敢靠近。

「水至清則無魚，人至察則無徒。」

真為不容小覷之言。

湖也並非羨慕大海的奔騰不息，太吵了些。

她只渴望在平日的悠悠煙水之中，有一兩尾金鱗紅鯉游進來，攪動攪動。

在她心裡打個白鴿轉，翻躍幾波粼粼漪光，添上幾分生機。

他濺一下碧水瀲灧，她還一片水木清華，禮尚往來。

宛如一份深厚的恩情，時刻在惦記，時刻在期待；

永遠在報恩，永遠報不完。

不如我們做一對絕代佳人，無兒無女只有江山美人。

這年頭不少絕色之人，都做了絕代雙驕。
信奉了不生主義，只願一生二人三餐四季，快活人間。
後代這回事，不重要，重要的是此生。
瀟灑得要命。

「我只願了無牽掛餘生只專心愛你一人。」

無可否認，沒有子女的夫妻真的恩愛非常。
至少我暫時遇過的都感情特別好，好得不像夫妻，好生可怕。
如果時間只能繼續前進，如果世界逃不過熵增定律，日子只會一直流淌。
這種夫妻感情就像得了一圈幻彩泡泡。
生生把二人的愛情保養起來，浮世三千，永不凋零。
任世界成與敗，只有這倆人雙眼依然望著彼此發光。
到了白髮蒼蒼，皺紋只現露於眼角邊，眼裡永遠年輕。

「我不討厭孩子，我只是太愛我自己。」
男友人眼珠滾滾得意地說著。
「別理他，他就喜歡裝風流。」
身旁的老婆笑說。

是個悠閒的下午，幾人一同在廚房裡為二人籌備水晶婚派對。
說實話真看不出來，這逗趣的兩個大孩子，竟然都迎接第十五年的婚姻了。
整理照片時，得知他倆每五年就去影樓拍一輯正式的家庭照。
每五年換一個主題，有中式古裝的、有歐式復古的、有民國風情的……
婚姻最好的狀態大概像他們吧。旁人永遠都覺得這對兒應該剛新婚幾年。
殊不知嬉笑弄罵的甜蜜底下，是十幾二十年的深厚情份。

「我一生的愛很少，少得只夠愛一個人。」

有一年跟爺爺回老家，不免總有一群三姑六婆在雞啄不斷。
她們也少不了置喙一些根本與自己無關的閑事，典型的女人與墟。
「那個女的嫁進來不但沒搬進來，還不願生孩子。」
「她根本就是不想負責任的女人。」
幾個女人吱吱喳喳的沒完沒了。
聽得頭痛，只好靜靜順走幾塊零食就偷溜出去。

拿著手裡幾塊零食，到了外頭看著一格格屋子，不禁嘆了很長的氣。
真是可憐嫁進來的女士們，不生孩子就間接成了不負責任的女人，冤。
相比那些帶著目的性生了後代卻置之不理，扔給家裡老人和阿姨。
到底誰叫不負責任呢？
反倒是那些絕代佳人，才是真正對自己短短一生負責任的表率。
專心用力活好屬於自己的每一天，一生的愛也不多分給他人。
愛你一個，足矣。

「你是我生命中唯一的牽掛。你走了，我拿甚麼活下去？」

說起爺爺的老家，那裡是大堆親戚住在同一塊村地裡。
彼此都認識，多一個人少一個人，瞞不了誰。
村裡有一對老人，晚年相好結的婚，兩人都曾經結過婚離過婚，都沒子女。
一大伙人在商討他們的後事。
「兩個人的？」
我好奇問道。
「是啊，別多事，去去去！」
爺爺有點著急。
見狀我就更好奇沒有離開，在旁邊八卦著。

雖然他們是晚年相的好，但老奶奶是比老爺爺年輕二十年的。

在老爺爺心臟病去世以後，大伙人都可憐只剩下老奶奶一個人，無兒無女。

各人紛紛到她家陪著她，安慰她，看著她。

當個個都認為她情緒平穩，放下心頭大石之際。沒有幾天，她就在凌晨去了。

不是自我了斷，也不是他人手筆，單純的在睡夢中離世。

爺爺得知此事時，自己一人在河邊坐了個下午，因為她正是他的小表妹。

恩愛恩愛。

講究的是一個恩字。

夫妻感情深厚如一份恩情，你對我今生有恩，我為你用一生報恩。

特別恩愛的兩個人，生前都交換過靈魂。

一個人走了，直接把靈魂都帶到另一邊去。

剩下那個人，只能看著手裡對方給你剩下的，細數著，倒數著。

「你若走了，我絕不獨活。」

原來這句戲文裡的話不是威脅，更不是撒悔氣，是在道出事實而已。

誰說了無牽掛不好。

至少人可以坦坦盪盪地放下心離去，毫不糾結。

寶玉茫然問道：「借問此是何處？」

那人道：「此陰司泉路。你壽未終，何故至此？」

寶玉道：「適聞有一故人已死，遂尋訪至此，不覺迷途。」

那人道：「故人是誰？」

寶玉道：「姑蘇林黛玉。」

——高鶚《紅樓夢》

生活有好多 BUG，只要不去想就萬事大吉。

真相從不可貴，甚至不值一提。

相比事實，人更需要謊言。

這也是人類還未能接受跟人工智能相處的原因。

因為 AI 不會撒謊，而且不能撒謊，它必須老實。

而謊言卻是人和平共處的必要催化劑。

就目前而言，人類是承受不了每日每夜都聽著真實的話，活在真實的世界的。

沒有謊言，沒有美好。羞愧，且無言以對。

「有些事，若細想，就不是那麼回事，若不細想，不就是那麼回事。」

——《三生三世枕上書》

人之可貴在於對求知慾的執著，不打爛沙盤，不壑到屎，絕不甘休。

這沙盤打對了，就是一富有求知慾的萬物之靈；

打錯了，只是又一隻被好奇害死的貓。

所以，在低下頭準備動手挖之前，先看看面前這坑下面有沒有埋著炸藥。

不確定的事情，絕不要做。

世上哪來那麼多行嶮僥倖，世上哪來那麼多人定勝天。

哪來那麼多人，不惜粉身碎骨也要一睹真相。

通常說死也要看的人，他到最後都是最後悔的。

「世間許多事情，要麼接納，要麼毀壞。」

世道，就是人為天成。

反正作為這匆匆洪流的其中一寸小魚，多無奈也得受著。

這就是世道，殘忍，且乾脆。

毫不糾結，注定向前。

「妳看到這是甚麼樣子，就是甚麼樣子。」

劉嬸對已婚的小姨子說道。

「這不是處於下風了嗎？這不是弱者才做的嗎？」

小姨子瞪大兩顆眼珠子反駁道。

劉嬸靜了半刻，笑著說。

「這不叫軟弱，這叫不拿屎上身的智慧。」再道。

「挖乾淨了又如何，結果都不是妳想要的，都是麻煩的，都是悲哀的。

何不好好享受當下安寧的日子？緣份這東西到點兒就會盡，不必妳動手。」

對啊，這架就算要打，也不能是我先動的手嘛。

或許，到最後打不成了呢？

「如果不是決意推牌重來，就千萬別動搖第一張牌。」

「有本事重來，我也不推。這局我下了半生，絕不輕言棄牌。」

女友人對我揚言。

有時候，對手不生性，幹些亂七八糟的舉動，就是為了讓對面的人先動手離
場，那棄權的就不是他，沒體育精神的也不是他。

縱有過錯，也算不戰而勝，光榮下台。

要乾脆輸掉一場棋局太容易，一撒手，甚麼都沒有了。

反倒堅持把爛牌下完，就算贏不了，都輸得坦蕩，輸得不難看。

要堅信，人生就是鬥命長的玩意兒。

下著下著，扭轉了局勢也不一定，急甚麼。

謊言就如味精，適量的，事情就變得美滿，且回味無窮。

沒有或太多，人都承受不了。真沒出息。

今日下午我煮了碗非常豐富的海鮮烏冬，擱在她面前。

「這湯底鮮甜不膩！你到底放了甚麼？」她一口接著一口邊吃邊問。

我隨口一說：「不告訴妳。」

這是個暖光照屋，涼風清明的幸福午後。

你為結婚而結婚，我為逍遙而單身。

長輩隔三岔五就問關於婚姻的問題，可謂旁敲側擊又有，層層滲透都有。

我是真的很納悶，為何全人類世世代代都得糾纏在這點上呢。

這種過度關注膨脹得也太可怕，為人際關係的沉淪打了好大一支毒針。

叫人生厭，叫人反感，社交疲憊真不是憑空而生的。

甚麼「單身狗」「剩女」「魔法師」的標籤，能不把人逼瘋嗎？

其實只是不戀愛，僅此而已。

「從來只有三十而立，沒有三十前婚。」

《每當變幻時》裡鄭融跟千嬅說：

「還說不遲？還有幾年就三十了，妳糟糕了！」

幸之，相對論下所有事物都變得簡單明瞭。

何謂早？又何謂遲？

小時候不明白小姨子為何要衝這個三十歲前的線，我一直以為在三十前結婚

是不是有獎金之類的福利，才叫女人們拼了命趕著把自己嫁出去。

日後發現，這都只是面子作的祟。

對一個人下藥提前幾小時就足夠，對一個群體下藥就得從認知開始。

要夠早設下一道心理門檻，才能確保大部份人都跨不過去。

好讓大伙兒三十左右結的婚，不出幾年生兒育女。

生育率就職率以至社會的將來，都有個大概發展的光譜。

不然拿甚麼保證人類持續統治地球的未來呢？

不過這也不算是甚麼邪惡之事。

能讓全世界無知無覺，還覺得理所應當的成就統治者所期待的光境。

才稱得上智慧生命的手段，合情理，沒毛病。

「如果單身有罪，那盲婚就有理嗎？」

盲婚並非指古時的盲婚啞嫁。是指現代的盲目結婚。

不知為何，結婚就好比是過河的一道小橋，有事沒事，過了就好。

女的差不多到所謂適婚年齡就急著找人埋單，跟著規矩走，證明有人要；

男的不小心把肚子搞大了又草草完婚，給世人一個交代，證明沒逃責；

十年八年的情侶淡了鬧分手，又冒出個結婚沖喜，證明還能天長地久。

好像遇到哪種關卡，只要結了婚就能解決，是道能直達正途的捷徑。

還是我不知道，這河過了真能成神仙啊。

「最怕人忙著甚麼是婚姻，忘了甚麼是人生。」

是否世人都覺得幸福二字，必然跟愛情掛鉤呢？

兩者的確有很直接的關係。

但當真除了愛情，人就無法幸福起來嗎？

如果想了許久，還是覺得未能從其他方面得到幸福的話。

那閣下注定要歷的大概是情劫。不苦個幾次都不算歷完。

辛苦您了。

看著門外路過一雙恩愛老伴漫步，行動不便卻耐心的一步步走，我發呆作想。

如若有天當真得孤獨終老，那到底要如何比旁人更幸福的過好餘生？

這時候讓我想到一個堅持「不婚主義」的男友人。

清明靈秀，家世不遜，父母時不時帶個女生出來吃飯，但都被他一一回絕。

他不是同性戀，也不是怕了女人。有次我說你不想結婚也可以談個戀愛。

他一個清澈的眼神看過來：

「光是過我想要的人生都不夠時間，實在不願騰出心力管別人。」

有人覺得他是極端的自私，只愛自個兒，在我看來，不算。

至少他敢對自己的人生全身投入，至少他敢說自己擔不起他人的人生。

這哪是自私？糊里糊塗地為結而結的人，才叫不顧一切的自私。

「妳是我人生的一部份是真的，但這人生是我的也是真的。」

任何能叫生活過得愈來愈滋潤的，都值得拼命去做。

管他是結婚單身還是不婚，是吧。

即便做了任何決定，都別忘記路能走，也能不走。

不要走著走著，走麻木了。

要記得，您是為了讓人生更美好才開始走的路。

要記得，您是為了那個幸福的終點才走的路。

要永遠記得，這人生，是自己的。

若恍然回頭，路走了大半，已然看不見起點，覺著只能向前走。

別慌，別急，這座山能上，就能下，爬了大半又如何？

重要的是清楚自己是想上，還是下。

跟從本心，才不負短短一生，數十載天。

知其不可奈何而安之若命德之至也

平安活著已經要靠幾世修行，一念輕生又可以了結幾多恨？

這年頭耳聞目見的生生死死不計其數，雖未到司空見慣，但也開始不懂反應。
也許身心對這感知操作得太多，除了心下一沉，基本不痛不癢。
以前覺得這情況只會體現於打理生死的職業上，比如醫護、殯儀等。
由朝到晚面對生死，很難不無情，很難不麻木。
如今這些狀況也顯現在普通老百姓身上，個個由疾首痛心，到面如死木。
仿佛這年頭的人都不言而合地走向同一塊心地——
哀莫大於心死，人死何必惦記。

「螻蟻尚且偷生，為人何不惜命？」

——馬致遠《薦福碑》

如果身在第三世界國家，長年風塵之變，個個析骨而炊。
拿著手上那碟最討厭吃的菜，在這地方照樣倒了，這叫折墮。
然而在全地球人日日絞盡腦汁對抗病魔，最拼命去生存的這個年頭。
單憑著一腔孤勇、滿腔委屈就一躍而下，這叫造孽。

前線有多少無懼生死的醫護，床塌有多少抱憾而終的病人，就有多大的無奈。
我有多大的無奈，就對那些自殺的人有多大的羞憤。
不久前，聽聞一遠遠遠房親戚的第二任老妻。
一時想不開，就直接從商場高樓一跳而盡，自我了結。
扔下年過八十的老夫，整天鬱鬱度日，不吃不喝。
雖則與她就一面之緣，但母親接到消息，也就只能長嘆一聲：
「造了八輩子的孽。」

坦白講，每次聽到周圍發生的自殺事件，都叫我憋屈好幾天。
畢竟我們都曾在活著的時候，相視過眼神，交換過空氣。
畢竟那時候，都是笑著的。

「命乃因果，如何待你的上半輩子，你的下半輩子就如何待你。
是好是壞，是善是惡，是福是禍，都得受著。」

我們都是生命的學習者，如同在一個學堂裡，你有你發奮，我有我快活。
上天給了人身為學生的機會，讓人體驗活著的滋味，讓人感知世間萬物。
可造化，就得自己管了。
所謂「同臺食飯，各自修行」。
都是同一份試卷，同一個考場，同一個審判標準。
在別人含淚用功之時，選了尋歡作樂，過了大把的神仙日子。
到成績表出來的時候，有甚麼可能就不堪面對，一走了之？
逃離羞愧難當的結果，逃離先前釀下的失敗人生，直接不負責任的離場。
該爽的爽完，該受的不受。

在不顧一切都要快活之時，不是早就料到會不及格，會畢不了業。
會被眾人認為是失敗學生，孺子不可教也嗎？
在不分善惡都要傷天作孽之時，不是早就料到會有報應，會活得不好。
會過著世人認為的失敗人生，該擋的災擋不了，該避的劫總是降臨。
不該有的都有，本該有的總得不到。
這就是生而為人的覺悟。

世界如此大，做哪一類的人都沒關係，重要的是記得要擔著自己的選擇。
「食得鹹魚抵得渴」。
決定逃學剎那，就預了要受罰；
選擇當黑道老大，就預了會被暗殺；
不好好過人生，就預了不會過得順遂。
功功過過，就如此簡單粗暴。
以為可以一個轉身就逃離責任的人。
根本不是無膽。
簡直是太勇敢，太無謀。

「如果死罪比活罪更可怕，人還會想一死了之嗎？」

電視劇男主角說道：
「他的活罪可免，不用受皮肉之苦。但死罪難逃，我會讓他死得乾脆的。」

我聽著覺得真耐人尋味。
總說世間萬般苦，欲以一死了之。
彷彿真是一種解脫似的。
在痛苦裡面，任誰也會想死。
好比在怒氣裡面，任誰也會想打人洩憤。
想，是不是就意味可做呢？
別傻了。

打死人，寫明會坐牢，人便會三思。
後果，如若不是明文列出，人，總是估量不到。
便會抱僥倖心態，搏個蒙混過關。
所以說。
悲觀者總有個好處，便是想得太多。
誰說死了就一了百了的？真有閻王和地獄那怎麼辦？
傻傻認為的終結，便是新一個痛苦的開始。
何必拿生命賭個大小呢？

有時候，真想把那些想自殺的人，來個地獄一日遊。
可能。
明天開始，他們比誰都用力活下去呢。

當發現你我根本殊途，又豈能不相忘於江湖。

有一條路，走了很久很久。費盡心力，都想把它走對，都想證實此路是對的。
遇神殺神，披荊斬棘，所向披靡，一往無前，沒有半點猶豫。
但當你終究發現，這條走了許久的路，這條充滿未來的路。
原來一直是錯的，前方並沒有你想要的風景。
當下，只能僵著身體，停下來。

我以為，我會痛恨自己，恨不得一下捶落心口埋怨走錯路，費神費時。
又怎知，我竟是噗嗤大笑，整整舒坦了好幾天，前所未有的痛快。
那種感覺，就如終於找到卡了半天的癥結；終於拉出憋了半天的便便；
終於看到濃霧後的些許山河遠闊。大徹大悟，如夢初醒。

「我們之間的殊途，就當如人鬼，斷不可違，絕不同歸。」

「我們不是同一個世界的人。」
這句爛到透的電視劇對白，聽起來毫無張力，入不了三分骨肉。
任誰的嘴裡吐出此話，多半都不能說服對方，人家只會覺得又一個分手藉口。
倒不如說我們不是同一個次元的人。
彼此的腦袋都裝著各有一套的智慧，裝著迥然不同的願景。
他骨子裡散發的是害與毀壞，你靈魂裡追求是愛與建立。
一個有情，一個多情；一個愛人，一個愛己；一個忠誠，一個變節。
如果人的靈性有種族之分，這兩人定是跨種相交，受盡世人反對。

因為這中間的距離，以陰陽論也不為過，注定折磨，注定徒勞。
她是聶小倩，我是寧采臣，除了下回投胎能勉強搭上同一頻道，別無他法。
還是張愛玲說得好：
「不愛是一生的遺憾，愛是一生的磨難。」都是舒坦點好。

「愛能改變人性的機制。前提是，兩人必須有相等份量的愛，才啟動得了。」

人啊，總是過多。

人類過多，思想過多，管得過多，希望過多。

很多時候，智慧從一開始便告知腦袋說：這不行。

好戰的人心偏要動動手腳，放手一搏搏個扭轉乾坤的勝算，折騰。

由起初的「我希望能……」到最後的「為甚麼總是不能……」。

其實再糾結，再執著，再想爆頭也不會有想要的答案。

因為，本就沒有毛病。問題，本就無中生有。

為何人總是不專情？因他本就薄情。

為何人總是愛走歪路？因他本就不屬於正路。

倒不如問問自己，為何你總是執拗在錯的事情上；

為何你總想把不對之事，硬要變成對的呢？

人啊，就該相信理智最初給的判斷，而且得堅信不移，才不至於繞圈。

既知她風流，千萬別動心；既知他多情，千萬別自作多情。

小心左邊那顆暗裡騷動的小心臟，時刻逮著機會牽你鼻子走。

一有不慎，一牽就是半輩子。

光想都可怕。

「有些人，能與之相忘於江湖，已是最奢侈的結局。」

相濡以沫奢侈嗎？相忘於江湖輕鬆嗎？

愛人難，忘人更難。

我覺得吧，莊子這題出得太難了些。

如若真能一杯敬江湖，相忘兩人情。

我也不怕一腔孤勇愛你一場。

怕就怕你我無緣相濡以沫，又無法相忘江湖。

真成了一生的遺憾。

錯過了發射時刻的弓箭，再完美匹配也無補於事。

我始終相信。

任何關係，都存有一個完美的時刻，含苞待放，就等一個盛開的機會。

如箭在弦上，就等持弓之人把手一放，正中靶心。

中點兒，那段關係便迎來最好的春天，彼此將永記於心，日後稱之為回憶。

遲了，錯過了，就算不斷補發，一箭又一箭。

但這靶早就不在了，箭也只能咣噹一聲，掉滿一地了。

世上所稱的有緣無份，大概如此吧。

「我向邱比特討來了箭，但你站在對面，裝作沒看見我。
那我也只好把箭藏了，笑著跟你裝剛來。」

世人都說時機最重要。

所以，命運也最常用相遇時機來折磨人。

不然哪來那麼多相見恨晚，如故人歸的戲唱呢。

所謂璧人，不過是一路又一路完美承接的被動存在。

無可抗拒，無可後悔，無可奈何。

走著走著，便成了佳偶天成，難捨難離，千纏萬繞。

在人乖乖踏入每一著命運下的棋之時，祂正偷笑呢。

待人過了最好的年華，待人身處最關鍵的年華，待人到了不可回頭的年華。

眼看，時機到了。

來，給他安排一個NPC，再來一個靈魂相認的衝擊。

讓人初嘗命運以外的滋味，叫緣份。

也讓人體悟命運的強大，叫有緣無份。

最後，課上完了。

讓人徹底順服了天命難違，讓人讀熟了忠心不二的劇本。

自此，這人活得有多清澈啊。

「我是箭，你是弦，我們能射出世上最漂亮的箭藝。
你知，我知，然後默默任命運拆開，任弓弦拉開，任眼淚暈開。」

世上有許多不被承認的愛。
同性戀算一樣，跨性戀算一樣，忘年戀又算一樣……
雖則這些關係在近年的社會，已經倡議開放的態度。
實話說的，又有誰敢從一開始就毫無遮掩的坦蕩愛給人看？
這些難以叫人接納的愛，都愛得窩窩囊囊，都愛得苟且偷安。

友人因曾任補習老師而結識了當時的學生，整整暗戀了她八年，以知己論之。
其實，他倆也早互通心意了，只是一直沒越過界線，沒說過出口。
一直到了女孩的適婚年紀，他親手推薦了另一個跟她年紀相仿的男孩給她。
牽了一大條紅線，最後還真結婚了。不管是女孩太失望，還是他太懦弱。
總之，他們都選擇藏起這份感情，順著本該東往的河川。

有次沒忍住問他：「你怕甚麼？被人詬病嗎？像不像個男人啊。」他淡淡的說：
「她父母不會接受相差二十年的人做她丈夫的，我只想做對她好的事兒。」
結婚當日，作為她多年的恩師。
她與新郎，月下比肩，雙膝齊跪，雙手舉杯：「喝茶。」
他緩緩接過：「好。」然後猛然灌下。

「如果我能早二十年出生，那就好。」
「如果你真早二十年出生，我們就沒有像如今這般深的感情了。」

世間總離不開因果關係。
沒有落花，流水也只是流水罷了。
沒有相遇太晚，相見也不會恨晚了。
沒有緣淺的事實，也沒有後來的情深了。
一切的相忘於江湖，都曾是差一點點就相濡以沫的天作之美。

年少輕言許下的承諾，竟然一輩子都撕不下來。

兒時的床頭櫃，是我的專用貼紙簿。

一旦得到了新貼紙，就自然會為它們尋一個好位置。

分門分派的安放在櫃上不同的角落，都有各自的營地，各自的家，公平。

強迫症真是長在基因裡頭的，就算是小孩年紀。

只要是懂的人，隨便一看，啊，便知這小傢伙跟自己是來自同一個星球的。

到了青春期，慢慢覺得那些一塊兩塊的，有點丟人。

請人到家裡吃飯被看見了，多不好意思呢，就著手開始弄下來。

但無論怎麼撕，都撕不完整，撕不完美。

費盡九牛二虎之力，終於撕到底了，還是留有個隱隱約約的印兒。

有些還留有些許的黏性，對於有完美主義的強迫症患者而言。

這大概是有史以來，最糟糕的床頭櫃了。

「當初一時興起說的永遠愛你，真沒想過要用一輩子來償還。」

兒時興高采烈，滿心期待的為一張張小貼紙找最好的位置。

瞄上哪兒，直覺到了，覺得是那兒了，想都沒想就貼了上去。

還堅信這個貼紙，配這個位置，最好的了，沒有更合適的了。

當時的自己，虎頭虎腦，天真爛漫。

又怎會知道這麼一隨手貼的玩意兒，是除不了的呢？

我又怎會想到，做人第一句充滿情意的我愛你，是收不回來的呢？

到底是上天聽得太仔細，還是我的靈魂身體，都記得死死的。

十年已去，依人已為新人，本人早非本人。

似乎。

所有都變了。

可否，容鄙人說一句：

童言無忌，放過我吧。

「每逢到了你的生辰，我都幻想能怎麼跟你過，也痛恨以前沒更好跟你過。」

「我的父母親不怎麼珍惜我，只管自己忙。」
「那又如何？你有這個世界愛啊。
因為你是這宇宙裡面的珍寶，有天神眷顧，有天下可展。」
這一殘年碎片，隱約看見兩個人吹完蠟燭，揮淚相擁。
彈指之間，算出了這到底是第十幾年前，也算出了二人離散了第十幾個年頭。
始終，人的生日，一年過得比一年難受。
世上最像生日的生日回憶，大概只出現在人世之頭十年、頭二十年之內。
之後的，幹的都是以往都沒幹過的事情，過的都是以前沒嘗試過的方式。
一年比一年精彩、一年比一年光鮮、一年比一年灑金。
而且，一年比一年開心不起來。

記得有一次春天，在樓上咖啡廳的落地玻璃看下去。
對面街有對穿著校服的小情侶，二人在長椅對坐。
男的一邊點蠟燭，女的一邊雙手合十。
一、二、三……
回過神來，衣袖怎麼濕了。

「就算痛苦都想重來的，叫青春；就算絕症都願患上的，叫你。」

「如果讓我重來一次，必定不會與你相識、相知、相愛。」
這大概是我生命裡說過最口不對心的話了。
說的時候，只想著，既然要斷，就斷得乾脆點。
不要留渣，不要留情。
那麼，他也能走得乾淨利落一些，覓得新歸也能心安理得一些。
沒曾想。這渣，只不過是落下在我心裡頭，重新發芽。
多年下來，我一直把它拔掉，一直讓它繼續長。
這個過程，我稱之為可持續發展的思念。

覆滅是為了復活，死亡是為了教人存活。

經過 2020 的風化侵蝕，人類這座巨石大山被塑造了迥然不同的輪廓。
不知不覺地，人對生死都有了不一樣的看法。
算是地球按時啟動了自我修復系統，又算是大自然拉響了對人的上課鐘聲。
定時定候之毀滅，恰如其分般重生，破立有序。
如鳳凰涅槃浴火重生，毫髮無損看不出一絲滅亡的端倪。
人類如常在吞噬中活著，地球依舊在殲滅中復活。
一如往昔拉拉扯扯，直到下一次滅世重來。
故事萬年不變，古井不波，無趣。

可恨在於，這課上了一代又一代，都沒兩點成果。
一波波的人類，一次次的毀滅，都馴不服人類半分謙卑。
一樣狂妄，一樣放肆，真是骨子裡的壞基因。
沒辦法，再無趣的劇情還得重來，直到人備有足夠的資格翻章。
如果真有天神，人類步向滅亡的故事，恐怕早已厭倦萬分。

「未知死，焉知生？」

要發生有規模的死亡，才能喚起人類對生死的悟性。
死一個兩個，新聞都不會提及一句。
所以不論大小規模，只要不是單數，老百姓就不禁：「噢，真淒慘。」
小時候不得其解，同為生命，原來一併過去黃泉，會有人更加心疼憐惜。
難怪這場瘟疫，死了好幾百萬人，能叫人前所未有般珍惜生命。
孔夫子說：「未知生，焉知死。」百年百用。
還是教人先管好活著的自己吧。
死後，管他的。

「太平盛世人會尋死，天下大亂人會自愛。」

世界太平之時，人太閒，閒得會鑽牛角尖。
鑽著鑽著，就鑽出輕生之路，神推鬼揌，就自我了結。
瘟疫爆發之前，各國自殺事件沒少發生。
世界大亂之時，人就慌，慌得心理失衡。
面對日日排山倒海的死亡人頭，多得來不及理解，多得來不及承受。
直達崩潰邊緣，光是把自己從心理懸崖邊拉上來都費盡心力。
人心何其衰弱，人身何其化學。
一場流行大瘟疫。
能叫天天喊憂鬱輕生之人，變得朝朝準時吞下擱了一年的維他命 C。
能叫天天喊養生怕死之人，頓覺原來生命之結束沒想像中可怕。
到底毀滅更多，還是療癒更多？

友人的爺爺因老伴過身，幾度不想活下去，意志很是消極。
疫情爆發後有日突然主動申請健身會籍，上各種的運動課，做得比誰都勤力。
有日爺孫倆在跑步機上閒聊，他小聲地說：
「如果真就這樣被病毒殺死，你奶奶在下面一定瞧不起我。」
享盡半生盛世昇平，都不及三旬瘟疫，教人何為活著。
說世界與人類不是反著來，真不信。

「只有不怕死的人才配活著。」

——Douglas MacArthur

適逢年末，Netflix 上映一部很有意思的日劇《今際之國的闖關者》。
在充滿生死意味的年末，播放生死遊戲題材的劇集，貼題又貼心。
故事中一個頹廢青年和朋友墮入了奇怪國度，雖則周圍看著一模一樣。
但卻空無一人，只有一個又一個生存遊戲，等著人們去完成。
只要玩贏遊戲，就能獲得以日算的「生存簽證」。用完，再去玩。

「真諷刺，為了生，要不斷的去死；為了生存，要不斷的去讓別人死亡。」
小妹在一旁邊看邊唸叨。

現實生活中，有不少像主角一樣對生活沒有熱情，只管沉醉自己世界的人。
多半是大眾口中的「廢青」。
沒被公認的成就，沒被期望的未來，只有被蔑視的眼神和被嫌棄的沉默。
但到了這個非生必死的遊戲裡，明明毫不眷戀生活，明明只要你願一死。
別人就有生存的機會。反正從不珍惜，何必非要強佔此位？
那是為何？
為何生而為人，必要拼盡一切，都想活著？
難道怕死嗎？非也。死亡是世間上最容易的事了。
但為了活下去，你願死多少遍？

「活不活下去的問題，從不關乎於世界如何待你，只關乎於你如何待世界。」

這部戲讓我想起莊子說的：
世界早已給人無限的愛，有山水，有日月，源源不絕。
All is free，人，還怨甚麼不足呢？
雖則故事裡的生存國度頗為瘋癲，但卻回歸人生存的本義。
利用大自然的資源存活下去，不多用，也不敢多用，存留下次積穀防饑。
再沒有令人失去生活熱情的雜碎之事，再沒有干擾人如何活著的社會規範。
使靈魂徹底扎根在純淨的大地，擺脫磨滅生存意志的「人心」。
甚麼自閉抑鬱、甚麼飛黃騰達、甚麼失敗人生，都走開，沒空。
因為睜開眼，只想著怎麼活到明天；
放眼望去，只見山河遠闊，人間煙火。
活得坦盪，死得乾脆。

所以，誰說死亡不好？誰說死亡一定是壞事？
不見識死亡的極致，就不洞悉活著的本義。
最怕這趟死了好幾百萬人，都換不來人類十年清醒。

三杯入口

萬慮皆消

真正的送別沒有儀式，人總是離去得悄無聲息。

兒時總有一個錯覺，就是離別總該做點甚麼，有點儀式感。
從幼稚園起只要是畢業，都會有畢業典禮，都會有紀念冊。
都會湧起不忍不捨的淚水，這幾個配搭總在一起，讓人默認離別當是如此。
原來這只是其中一項兒時玩意，即是長大後自然會消失的那些。
當人第一次意識到這點時，大概恍然失去了某君了吧。

「你喊了多次分手都沒走，你到底是何時不愛我的？」
「我也不知道。」

一支蠟燭無關風雨，一直支撐著這屋子的光明。
但它到底是幾時燃燒殆盡的，真的說不清楚，就那麼一刮風，熄了。
毫無徵兆，無法抵擋，讓人措手不及。
就跟平常一樣的時辰，一眨眼，光只留在一秒鐘前的世界。
蠟燭如此，人心也如此，都一樣堅定，都一樣柔弱。

男子問甚麼時候想的離婚。
女子抬頭看著天花說：
「我想過千遍萬遍，但真正想走的那次我也想不起來。
就好像家裡跳電一樣，毫無預警般噗一下，就全黑了，再也開不著燈了。」
「我以為我們會好好道別，說好多的話……」男子淡淡的說。

女子半開著玩笑說：
「難道要大哭大鬧，大醉三日，勸君更盡一杯酒，才算完成了離別儀式嗎？」
「別鬧了，有甚麼話我們沒說過？散就散了吧，別婆媽了。」
那晚，轉身關上門的女子，無疑無悔。
灑脫得不像自己。

「我們終生都在習慣一個相反而行的人間。」

大吵大罵的關係，一般都不會結束。
口口聲聲說的離別，一般都不會離得開。
說盡難聽話來嘮叨的人，多半都愛得入骨。
說盡甜言蜜語哄逗的人，多半都不甚相干。
至剛且至柔，至陰則至陽，又有誰理得準，耍得通透？

或許有一天人類真能證實，世界的真相，是相反的。
屆時就能理得清許多叫人不解的頭緒。
最愛的人不會留在身邊、共患難的人不能共安逸、最愛你的親人最早離開、
仁者能者不會長活於世、真要離開的人根本不會道別⋯⋯
這些世人常嘆的造化弄人、天妒紅顏、世道難測。
或許，這就是造化，這才是世道呢？
我們人之所想，想得也許太多了，多得只能怨天違人願。

「如果終到離開人世之日。
我會如常與你喝完早茶，盡全力笑送你出門，才走。」

猶記起奶奶離世當日，她默不支聲。
全身動彈不得，唯有一道深厚的眼神，寬容穩重地看著塌前十幾個人。
大概十幾分鐘，她一聲不響，眼前只聽見碎碎零零的飲泣聲。
那十幾分鐘不知是否過度集中，時間很順利地變慢了。
彷彿我與奶奶相視了一輩子，不言半句，卻道盡心裡話。
有時候，人的感情真不是世間萬物能詮釋的，無聲勝有聲，該是如此吧。
千篇萬字，頂多只能做個念想，裡面的餡只有心裡明瞭。
所以，最好的離別，還是在一個再正常不過的下午，說再無聊不過的家常話。
淡然地看著午後暖光，從容迎接最後一刻，不說一句再見。

過去的我已經絕跡，對，我自殺的。

「我已經不再認識你了。」故人無端在電話裡說起這話。

「那真是……」我吸了一口氣。「太對了。」

說完似輕若重的一分幾十秒，爽快的「喀喳」，掛了。

手還在抖，但幸好心如鐵，嘴如劍，忍一忍深呼吸，如釋重負，宛如重生。

「我相信，這一切都是種子。只有經過埋葬，才有生機。」

——《給我的尊師安徒生》

放眼望去，個個風儀玉立，本深末茂，笑得開懷，開得恣意。

不埋藏土裡韜光養晦幾年，哪來如此風貌？

如若我們都是一株株花草樹林，那裡面的靈魂必是種子。

長得愈是長盛不衰、愈是屹立不搖、愈是一枝獨秀的，其靈魂都必經過埋葬。

在黑暗裡無聲地等待無數個日與夜，堅定不移耐心地養著不露一點鋒芒。

待冒出枕戈待旦的小芽，正式重生，如脫蛹羽化。

蝴蝶不會記得有過生為毛蟲的一輩子，只會知道我現在很美，蝶舞凝山。

種子的記憶，重要嗎？毛蟲的一生，有人知道嗎？

重要的是最後能長成何樣，才叫生命。

「他？我不認識。應該是上輩子的人吧。」

你是我生為毛蟲時爬過的一瓣綠葉，經過的一朵紅花；

你是我身為種子時頭上飄過的一絨蒲公英，飛過的一隻畫眉鳥。

如今，我已為蝶兒，會飛了，不會再待在同一株小樹上歇息；

如今，我已然自立，只會向陽光望去，不會再在乎飄過甚麼了。

所以，我識得你，但我不應該認識你，你也不應該認得我，這樣才對。

「我自毀元神，我自催心魂，為的不過是讓你知道我死了。
從此，兩不相欠，一切愛恨，就此作罷，可好？」

劫難可渡，命不可違。
不奢望投胎重來，唯祈願此乃情劫。
長江易尋，忘川難至。
不如活著重生一遍，好過投河痛快一時。
忘得了多少，記下來多少，自便吧。

「我想給他看最好看的我，可最好看的我卻已經死了。」

——《華胥引》

她說。
「你真好。」
頓了半刻，笑回道。
「我以前更好。」
雙手托著頭嘻嘻地笑問。
「怎麼個好法？說來聽聽。」
想了半想。
「不記得了，但大概好得把妳嚇跑。」
她啜著吸管笑道。
「哈哈，甚麼鬼啊！」

這個夜色，伴隨陣陣暢笑聲，一男一女歡盡而眠。

年紀大了確實不好騙，但為了你我把智慧都暫且擱置。

情愛二字，幻真幻假，虛實之間，本就難分。
絕對一詞，更牽不上半分關係，實為大忌。
沒有絕對的幸福和絕對的苦戀，更沒有絕對的治情之法。
理性與感性之間，從來拿捏不準，叫人頭脹心累。
在這個世界裡遊走，要如耍太極一樣，以柔制剛，陰陽並行，中庸為道。
這時時刻刻似虛還實的愛情，不修煉個百回真參透不了。
真是最煩的人間樂趣。

「愛你是真的，我是假的。」

一位在北美的同窗，樣子生得美，但不善學業，認識沒多久輟學了。
但幾年前卻以高材生的架勢嫁進一教育世家。
那家人還到處炫耀媳婦是某某名牌大學畢業，陣仗不小。
男的寵她，家裡捧她，美滿得很。
有次女子鬧離婚一氣之下回國了，她爸爸打了通電話給女婿。
說著說著就心生歉意，坦白了其實女兒並非甚麼高材生，她只是一介普通女
子，為女兒多年來的謊言道歉，負荊請罪，希望他倆好聚好散不難看。

「我知道。結婚第一年我已經知道了，不礙事，你叫她回家吧。」
男的溫柔冷靜地向岳父請示著。
「你為何不戳穿她？」岳父目瞪口呆。
「她不講，她心舒坦。只要她不想，我都不會去碰的。這些不重要。」
男的從容地慢慢道出。
經過這一通電話，她回去了，兩人如從前一般，我不拆你，你不揭我。
生的兒子真進了名牌學校，家庭和睦。
妳是怎麼過來不重要，重要的是妳到了，現在就在我身邊。

「風月裡的計謀不算計謀，情趣罷了。
風月裡的情趣不算情趣，計謀罷了。」

——唐七公子

套路與喜歡，次序不要混淆。
是因為喜歡你才接受套路，而不是因為套路才喜歡的你。
我發現不少人總看低另一半的智慧。
總覺得「她不會發現的」、「他不會想到那層的」等等。
把對方想像成一隻爛漫無邪的小白鳥，任你把玩。
難道大家都喜好找蠢鈍無知的人做終生伴侶嗎？
怎麼可能。

「當初他說欣賞我高學歷、轉數高，秀外慧中，覺得我可以成為一位賢內助。
但如今他好像只喜歡我做無知的女人，一個只知家牆，不知天下的婦人。」
少婦笑著說。
「那所有事情妳都沒攤過牌面講嗎？」小姨子問。
「只要是無傷大雅的事，我都能順著。看破不說破，才是夫妻嘛。」
少婦微笑地抱著小狗說道。

這個又奇妙又普遍的故事，可隱隱約約透露著不少夫妻的底兒。

我選的是你這個人成為夫妻；
成為我家族的其中一道根；
成為我孩子的父母。
因為你合適，你優秀，你般配。
但不代表我要一個高明之人在我身邊指手劃腳，置喙江山。
最有趣的是，期望你在現實生活中做一隻萬丈光芒的鳳凰，滋潤大地。
關上門後，在愛情世界裡，請做一隻討人喜愛的依人小鳥，惹人憐愛。
設套路的有愛的私心，受套路的有愛的犧牲，合作無間。

「情愛之虛實，從來由果判定因。」

愛情這回事，就如跳支舞——樣，無人一開始就能預知這是不是好對手。
遇對人，跳對步伐，舞得動人，這就是最佳拍擋。
遇錯人，錯對節奏，愈發難受，自然就一步錯步步錯。
但誰能判定跳這支舞的人，是真心還是假意？

他雖然跳得一團糟，毫無章法，但卻真心實意認真地跳。
她雖然與你動作匹配，雙劍合璧，但卻不費拿出半分誠意。
但現實世界，人，就是看結果的動物。
你我恰恰當當完成二人這一趟的任務，無大功無大錯，及格矣。
人之一生，得數十載，進展平穩的走，才算「正道」。
旁邊的人，真不真心的走，無相干。

「既然虛實難辨，反其道正其事，就不痛苦。」

常言道「認真你便輸了」，真是大智慧。
太認真不是好事，太敷衍也說不過去，活得真累。
但人間之事之所以難熬，離不開執著二字。執著情，糾纏愛，常態。
不領悟反其道的思想態度，很難活下去。
並非叫人不認真待人處事，而是認真對待，玩笑心態。
得就是得，失不算失。

最好聽的話不要當真，聽著開心就行，無礙。
最迷人的境不要留戀，享樂當下，有緣再來。
最經典的筵席不要可惜，用力玩到盡，過後誰也不要惦記誰。
就算遇到再難堪的時候，只要一天不過份計較，就不算真的輸。
以真待假，以虛弄實。
永遠認真，永遠不較真，自然不難受，不難受就是贏家。

前任的氣味，終有一日會想不起。

當在街上偶然聞到那陣曾經熟悉的氣味，會作何反應？
會猛然回頭用力瞧瞧周圍，看看有沒有某個身影藏在其中；
還是會僵硬起身體，集中精神放緩動作，固作冷靜地不敢回頭？
儘管如何，那幾十秒鐘，太漫長了。

「我期待每個生生不息的日與月。」
「為甚麼？」
「因為我期待未來終能忘記她的自己。」

「你們會忘得了前任嗎？」鄰家小鮮肉摸著小狗問道。
那天傍晚，小島幾家相約家中燒烤舉杯，把酒言歡。
在醉餘飽臥之際，一位嫩嫩的美男子說起前任的話題。
有人坦然反問為何忘不了，有人裝作聽不見接著斟酒。
各人臉上不免有點窘態，這是打開了禁忌之門了嗎？

引用科學家說的：「有記憶才有過去，無記憶過去根本不存在。」
要抹去記憶，在人間只怕行不通。沒有孟婆湯，沒有忘情丹。
只能靠日與夜的偉大循環，一環又一環地幫畫面褪色。
記憶是福，記憶也為禍。上天讓人有龐大的記憶量，亦許了時日替人消化。
這算是唯一出路吧。除非患上失憶病，但這等福份不是人人皆有幸消受。
所以，怕就只怕這道記憶的唯一出口，只忘掉不好的記憶、傷過你的記憶。
把曾經最美好的回憶都剩下來。這大腦的防護機制也太自作主張了點兒。
每當碰巧打開心中那抽屜，只能見一幀幀漂亮的畫面，任人觀賞。
讓人不禁去回想，不怕去懷念，不由自主地微笑起來。
與其說時間會使人忘記故人，不如說只幫你忘了傷痛。
故人，恐怕是忘不到了。

「反正此刻忘不了，只願在流往忘川河的腦海裡，你別游那麼快。」

忘得了忘不了，根本無相干，只不過是記多記少的事情。
一個人不存在於現在與未來，其身影注定消散。
我們阻止不了時間的運轉，就注定阻止不了淡忘他的洪流。
再痛苦，再難熬，也只是一時的。
終有一日，這天拼了命想忘掉的人，想再記起他的輪廓都難。
到了那一個遠遠的年華，到了那一天完全描不出他的樣子。
或許會不禁默默的唸道：「我想你了。」

「我知道，三年十年三十年，終將逃不了記不起你的命運。」

你願天天想起他嗎？你願天天都想不起他嗎？
我兩者都不願，真貪。
人非草木，不願想不起曾經所愛之人，曾經所付一片真心。
人非 AI，不能把陳舊的資料無損地保存，任人何時查閱。
只怕當我們想翻看一二時，已然忘得所剩無幾，不能細數。
我欲忘時君不走，我欲找回君何在。
都是世間常態。

「那到底你有沒有忘記前任呢？」小鮮肉急著問道。
「應該有吧。」我倒著清酒。
「應該？這麼含糊的嗎？」他接著問。
「至少我每天都有想著他，但一天比一天想不起他的容貌。」

他想了半想。
看著壺口最後一滴酒，緩緩落下。

如果夢境是平行時空，夢見你三次便是緣盡情終。

常說，夢境裡看到的世界，夢境裡見到的自己，其實是活在另一個平行宇宙的主人翁，所在之處所做之事所愛之人，必然地跟您本人是相反的。

就如一顆六面的骰子，各自拋出一面結果，一不撞二，六不撞四，各活各的。

世人常說夢境跟現實總是相反的，聽起來合情合理。

所以作惡夢不必驚慌，當看了一齣自己有份演的驚慄片，會醒就無事。

怕就怕這個夢裡有他，有你，有我，又美好又清晰。

「由夢見你開始，就是你我逐漸不相干的序幕。」

每個人心中都存有一個潘朵拉盒子，裡面裝有可瞬間毀滅元神的東西。

我們自己從不打開，也希望永遠都不要被找到它。

默默唸著就讓它繼續石沉大海，此生永不相見。

不知道是否上天發現了你對盒子的關注，就時不時在夢裡安排你們相見。

讓人一輩子都不能忘卻盒子的存在，讓人一輩子都記住遺憾和痛苦。

提醒人要不斷追尋快樂，活在當下，真殘忍。

「由夢見你開始，我灌下的酒不再燙喉，我拉扯的心不再糾結。」

人甚麼時候會聽情歌？

失落憂鬱之時。

因為人在快活當中多半不會想起聽歌來，都忙著享受當下。

人在夢境裡會看到誰？

有距離無關係的人。

老天爺多半不會動最表層的快樂，那些常見的笑臉就繼續留給我們吧。

祂只挖又深又遠的東西出來，提醒下腦海深處還有人、還有事。

所以當夢見那些曾經之人，實話說，心安。

因為，他真的是我的過去了，真的是已結束的段落了，真的只是我的夢境了。
任這些傷害再深，任醒來眼淚再崩，哭個一次兩次就沒事了。
到了第三次，他只是生命裡其中一位緣盡之人，不糾結。

**「由夢見你開始，我看著你遺留的物品，就像看博物館玻璃後的古代詩詞。
賞心悅目、淒美動人，但這是上輩子的故事了。」**

放眼望去，這一櫃櫃的、一牆牆的、一棟棟的，有多少隱藏之物是有故事的？
我相信，這世上只有您道得出這一屋子裡的玄機。
「我應該把前任的物品立刻扔了，還是留下來呢？」
不少男女總糾結在這個問題上。去或留，哪有甚麼對錯，拉扯來作甚？

如果您是個優柔寡斷的人，那就想都別想，塞進垃圾袋吧。
如果您是個果斷從容的人，那不妨把東西都留下來，做個紀念。
就好比旅行收集的冰箱磁貼，一個個的大小精緻，各有千秋。
痛苦的、幸福的、難忘的、易忘的，一覽無遺，看著不動情，看著不亂心。
日子久了這些邊走邊採的裝飾，成了一屋子的無字自傳，多有趣的事啊。
三十看十三的，五十看二十的，七十看的是人生。

「你我夢裡相見，相視而笑，相顧無言，醒來只得手中一縷悲涼。」

「為甚麼把我們的東西都扔了？你捨得了？」男子看著女子問道。
「不捨得，才得扔。」女子淡淡的回道。
「那以後都不見面了嗎？」男子皺著眉。
「我們以後只在這裡見面吧，除此之外，生生不見。」女子笑著誠摯地說。

睜開眼睛女子急忙地跑到大廳，掃視一番。
直到看見所有東西原封不動，手裡握緊的拳頭才緩緩放開。

不以物喜

不以己悲

珍惜你坦然流露的情緒，那是成年人活著的證據。

不知哪年傳過一句話——成年人早就把情緒戒了。
在世俗眼光裡，弱者才會被情緒支配，強者早就擺脫這掣肘。
無可否認，統統都是事實。

「情緒這玩意跟時間一樣，活得愈久剩得愈少。」

如果世界急著把人變為成年人，那就先別急著做成熟之事。
如果成年注定磨滅情緒，那就先別急著戒掉它。
因為總有一日，人會恍然發現，原先的滔滔心緒，已然所剩無幾。
只要時間還順利流淌，只要地球還依舊運轉，只要人還不停成長。
情緒，就注定逃不過遞減的命運。
哪用得著人費心費神去把它戒去？
當覺著本來應該湧上來的眼淚、爆出來的怒氣、咬著牙的委屈；
出奇地紋絲不動，該有的都沒等到。
就像一把手揣進口袋掏零錢，攤開手掌只剩一毛半銅。
神不知鬼不覺，自然而然就沒剩下多少能抒發的情緒了。
這大概就叫成年。

「能夠靠眼淚發泄出來的情緒都不是甚麼情緒。
而無法用眼淚紓解的，也不會有其他更好的辦法。」

——《華胥引》

「求你了，你哭出來吧。」
在靈堂上，我聽見不遠處的老婦哭對跪在棺前的男子說。
過世的是急病而亡的女子，她是男子的髮妻。
男子算是我的遠房親戚，四十出頭，不熟。
但我見躺在那兒的女子，面相善良溫婉，生前大概是位賢妻良母。

「他倆感情好嗎？」小妹輕聲地問長輩。

「就是太恩愛。」小姨子說罷吞了吞口水。

男子木然地跪在地上，嘴角還輕輕勾著像是在微笑。

但兩眼發直，神情萎靡。這不是強顏歡笑，簡直是強行活著。

我感覺他撐到點兒就會崩壞，拼湊起來的四肢會唏里嘩啦地瓦解。

屆時就能與妻子一同回歸大地，一同牽手投抬。

如若我是他，我必定最想這樣。

有時候看劇集的專業演員，演個哭戲都五花八門，出神入化。

秒紅的眼白滲出無聲眼淚；秒崩的情感喊得哇哇噦哭，一齣比一齣入心。

確是惹人疼愛，我見猶憐。

只要戲裡能感動我的眼淚，我必會逮著機會一起陪著角色哭。

因為能在最對的時刻，哭出有溫度的淚水，實在太難得。

能哭，大概事情就沒那麼糟糕，是福氣。

不能哭，大概悲傷已到了近乎極致，是劫難。

所以，誰敢說愛哭之人沒福氣？

「有事沒事把握機會，多多練習喜怒哀樂。」

人一邊把日子過下去，就一邊把情緒放回去。

都習慣把感受先「忍耐著」，再一聲不響「消化掉」。

都習慣把理智當起中央處理器，撇開礙事的情感，下一著最恰當的棋子。

所以，在對的時候，有對的情感，已然很難觸發，寥若晨星。

該難過的時候，不再難受；該痛哭的時候，逼不上淚水；

就連該大笑的時候，擠不出一笑半眸。

有一瞬間，禁不住問自己：「你還能幹甚麼？」「你還算是人嗎？」。

如果對人來說，歲月和年輪是凌遲，只能眼光光看著一天又一天的步向死亡；

那理性與智慧就是癌症，一旦有了，光是阻止擴散都花了半條命。

更遑論回到患病前，找回能堂而皇之掛在臉上的感性情懷。

有晚在酒吧。

「Practice makes perfect 嘛，練得多就慢慢回來的了。」

我瞄了瞄他，笑道：

「也對，所有假象都是練出來的，練著練著，誰又知是真是假。」

說罷。

二人把酒乾到底了。

愛情裡的拖延症候群，足以毀掉人的半生。

夢大師有首《感冒》形容失戀，真是難得樂觀，實為經典。
但願所有人的失戀都能如感冒一般，藥到病除，一笑置之。
如果用感冒來形容，我覺得人的拖延症也是挺切合主題的。

這感冒菌起初在體內繁殖，人是知道的卻不以為然，不痛不癢。
因為還能生活，還能走一天能走的流程，無礙。
到開始攻擊體內的抵抗軍，身子有些反應，流鼻水嗓子疼。
但不至於妨礙到個人的運作，雖是困擾，還能擱著。
直到發展至重感冒，頭昏眼花，吃不好睡不好過不好，實實在在影響到正常
日子的時候，才不甚情願地妥協不能再忽視，不得不處理了。
拖延症就當如此，只要還未到最後一分鐘，還能有千百個理由在前方擋著。
不管最後能否順利解決，心裡總細語著：「之後再算吧。」

「你拖，我又拖，準備好了嗎？」
「準備好甚麼？」「拖跨人生，玉石俱焚。」

事業學業一個拖延，頂多失敗重來，影響的只是個人仕途。
但愛情世界裡一拖，就以年換算，輕則折磨心智，重則萬劫不復。
我覺得相比世間其他慘案，這種人生才是無聲悲劇。

「我真的很痛苦，但我又能如何？」
一位年過四十的風流丈夫看完心理醫生，找我下午一敘。
他與妻子分隔異地，聚少離多。稟性多情的他幾度忍不住偷香竊玉。
這十年來她發現他求諒都不知道幾次了，聽得生厭。
現在妻子鬱至精神病，二人日日互相折磨，互相撕裂。每晚不逼得大家身心
俱疲誓不罷休，最終他也要定時到心理醫生那兒走走，方能入睡。

「我把她弄成這樣，怎可一走了之？」

男子無奈地皺眉說道。

「你不走，是因為愛還是責任？」我打著趣。

空氣沉靜了半刻。

「責任吧。」他發著呆。

我嘆了口氣：「是決心要同歸於盡了啊。」

他苦笑：「應該是吧。」

許多年前，這夫妻倆就揚言離婚，各過各的生活。

拖著拖著，一年又一年，一個又一個，一次又一次。

一個因為責任不忍離開，一個因為太愛不忍分手，糾纏半生。

再深的愛早已埋下更深的恨，這愛恨交纏之間，織出的只有互相折磨的感情。

本來一拖拖個十年，恐怕今這一拖拖個餘生。

一介風流之人，本就不該成家，過著不屬於自己的日子。

一顆痴心情種，本就不該執著在錯的人身上，耗費心血。

錯了十年，何不一別兩寬，各生歡喜。

只能說他倆前世虧欠得太多吧。

「他拖，因為不愛你；你拖，便是不愛自己。」

某些人覺得拖得愈久愛一定愈深，這種想法真說不通。

愛之深切，大多都體現在各不相見的時日，說不出口，延綿細長。

日對夜對，不厭其煩地折騰還一直說愛你的，多半是對仇人做的。

也不完全否定其中的愛，但其恨，一定多過愛。

所以看一段感情拖拉多久，大概能洞悉當事人有多執拗。

對自己有多苛刻，對感情有多怯懦，對人又有多殘忍。

或許當時人承受不了快刀斬亂麻的痛楚；又或許當事人根本不想那快刀替對方輕易了結恩怨，寧可賠上自己餘生，也要凌遲彼此。

其實，一旦萌生此念頭，便是步向悲劇的開始。

「一句放下，並非放下別人，是放下執拗的自己。」

十年前，拖拖拉拉糾糾纏纏，愛得看似轟烈甚是淒美。
十年後，回首一看，會恍然其實自己並沒有想像中那麼非她不愛。
這一切，只是想與自己較勁。
或許在這段感情裡，最恨的，是自己本人。
恨自己輸敗，恨自己執念，恨自己與之無緣。
罷了。
毀滅也沒那麼好看，你我，都散了吧。

我們必須學會斷捨離，總不能一直留在原地。

人的一生，一半靠爭，一半靠扔。
此乃句關乎光陰的教悔。

「相信我，過目不忘不是天賦，是詛咒。」

——Darius Tanz《Salvation》

天底下最逃不過斷捨離一課的，莫過於記憶力特別好的人。
人人天生帶一腦袋，偏偏就這顆特大容量，還內存極快，流暢無比。
能不痛苦嗎？
所以說，老天爺若想懲罰一個人，會使他的記性特別好。
一般人用一年就能消淡的記憶，他們或許得用十年的光陰。
而且無人知曉，無可奉告，難受得很。
電腦一下半秒，並可永久刪除，不曾有過相遇痕跡，多漂亮的系統。
人腦卻要無休止地漸忘舊事，才能騰出位置給秒秒常新的記憶。
不減，則不能增；不扔，則不能爭。

當人幾乎記得所有細節，那面前的課題就是執著。
當人邁不過執著，便離不開此地，悟不了捨離放下。
只要時日相助，一般人總能扔掉過去，忘卻記憶。
對於記性好的人，過去，大抵是忘不了的，別白費力氣了。
只能扔掉記憶的份量，削弱其影響力，多番修煉後，殺傷力就沒剩多少了。
這過程大概無盡頭，此生只能一直扔一直爭，憋著氣，一個又一個坎邁過去。
心底裡藏著多少人影不重要，重要的是終會漸變灰暗，終會認不出來的。

所以，請堅信不移，只管離開此地，至少先撇下執念。
記性好的朋友，想通了比誰都通透，比誰都懂得斷捨離。
想不通就比任何人都執著死。

「繼續游就對了！」

——多莉《海底奇兵》

論記憶，很難不讓多莉出場。

如果記性好算是被詛咒，那短期失憶的多莉定是被祝福的存在。

有誰能如她一般受到時間大神的眷顧，把人永遠留在當下，活於當刻。

對她而言，斷捨離不是一個問題。不斷不捨不離才是奇事。

每當遇到任何瓶頸位，多莉總唸著口頭蟬：

「Keep swimming! Keep swimming!」

我是怎麼游過來的，過去經過甚麼風景，要記得嗎？

繼續前進才是正事，管他三七二一。

故事裡章魚大哥對多莉說：「No memory. No problem.」

真是世間大智慧。

「得之，我幸；不得，我命。」

——徐志摩

兒時每次大掃除，阿姨都把許多曾經的心愛之物扔得一乾二淨。

幾乎沒有半秒猶豫，瀟灑得很。一件件的扔到袋子裡，看著都心疼：

「妳捨得的了？這以前不是很喜歡的嗎？」

「當然！但不捨哪有得呢。」她得意回道。

到長大自立之時，翻到三五七年都不捨得扔的前塵之物。

頓了幾秒，閉上氣眼都不眨地塞進垃圾袋裡。

其實我們最終都會斷其念，捨其得，把前塵都撥走。

只是人心這玩意，需要時日把往事沉澱。

沉得差不多就有決心把一切墜落無底之谷，寄語永不相見。

真沒出息。

「為何非要斷要捨要離呢？有點牽掛寄托不是挺好嗎？」小妹問道。

大哥嘆了口氣，看著窗外一排秋樹：

「因為若無閒事在心頭，便是人間好時節。」

不要亂說後悔兩個字，未到最後都未知。

應該有不少人都聽過身邊人在耳邊說：「你現在不＿＿＿，將來一定會後悔的！」
多少人因為這麼一句話，陷入了無盡的迷思，作出了多麼不解的決定。
信了，後悔。不信，又後悔。
小時候一度懷疑過這句話是不是魔咒，無論當時做了哪邊的選擇，總會出事。

「隔離飯香這回事，誤出世間多少後悔。」

曾經看過一位網友的小故事，給我留下頗深的印象。
她生於傳統家庭，就是到了適婚年齡就得嫁人生子，做個稱職的家庭主婦。
她每天僅有不多的空閒時間，就喜歡在網上看人家的旅行博客，看一張張在外地「卡嚓」的一手照片，看一篇篇別人親身經歷而寫的故事，感受詩和遠方。
再看看自己，孩子三歲，能去離家三公里外的公園已經是很奢侈了。
想起當年很多人說不在年輕時生個孩子，老了定會後悔。
可是比起現在的自己，二十多歲就開始後悔。
倒不如流浪一輩子，到老了再來後悔。

這是位小母親的內心獨白，還是心底裡對自由有大渴望的一根小青蔥。
雖然她形容現在二十多歲就已經開始後悔，聽起來好像還有很長的日子要悔。
一想到那隻渴望天際的小鳥要一直困在小籠子裡，真是我見猶憐。

但人活得可不可憐，不都是自己掌握的。
既然年少之時做了決定，就得對得起當時的自己。
即便有十支槍逼著妳，到最後選擇吞槍還是就範的還是自己，怨不得旁人。
倒不如看看旁邊的母親，是如何笑得那麼無上幸福的。
再看看那些瀟灑的背影，人家每年如何祈福求子誰也不會知道。
擺在面前的東西，成劫還是成福，都是一念之間的事。

「我的後悔是真的，但我需要一個後悔完滿人生也是真的。」

不止一個人問過我：「你這輩子最為後悔的事情是甚麼？」
我每個階段想的都不太一樣。
不是以往發生的事情突然變好，讓我瞬間釋懷，我又並非佛。
而是那些一件件的曾經，都已經變得不再重要。
放下倒是說不上，但確是輕如鴻毛，不值一提，更論不上佔個後悔寶座。

有時候，我們總是太看得起在心中那一席後悔之位。
總要在腦海裡挑個人挑個事，坐一坐。
好像那位置空著人生就有缺陷似的，都是遺憾美悔恨美累的事。

其實，靜下來細想。
那件事情，你真的後悔至今，準備抱憾餘生，鬱鬱而終了嗎？
那個人，你真的後悔跟他在一起了？還是真的後悔當初放他走了？
讓他如今在你眼前過得那麼快活幸福，你當真悔嗎？

慢慢會發現，被安放在這位置的，其實並不那麼重要。
人死了，不能復生，隨遇則能安，心放下了人家才好走得乾脆。
人走了，不復重現，緣份只能帶你到此，盡了就盡了。
重要的是，我們還活著，不能悔爛唯一的靈魂。

這世上真的有不能放下的事情嗎？
除了筷子當真想不出來。
如果細想後，覺得真不如表面上那麼大件事。
就別執著於遺憾美上吧。
因為真正的後悔，是用餘生來悼念的。
累壞人心不說，不折壽就偷笑了。

**「你是我在天涯海角吹過的風，我以為我不會惋惜，區區一陣風。
到了八十歲，我也在跟自己說：我不思念，我沒後悔。」**

一生中總會遇見一兩件很想忘記的難忘之事，
一生中總會遇見一兩個永遠不說的難忘之人。
十年前，我覺得一生中最後悔的就是認識了他，讓人生糟了一遭。
十年後，我覺得能認識他是我的福份，讓我嘗到了最苦與最甘。

今天，我覺得這位不值得一絲惋惜與悔恨。
恨不得立刻灌下孟婆湯，消散一切痕跡，免得影響心理形象。
不知道到了十年後、二十年後，會不會一直到百年，都忘不了、悔不完呢。

若不能患難相守與共，再熱情寵愛又有何用。

有一種愛情叫做，他能給你世間所有，唯獨愛，沒有。
那還算不算得是愛情？
理智會說，這並不是愛情；
身心會反駁，這是天底下最甜且最苦的感情。

人擁有非常複雜的內心世界。
有些時候，表面行為和內心的真實慾望，根本上截然不同。
就是 A 行為有可能是因為 Z 動機，遠得八杆子打不著關係。
別說旁人猜不透，或許連本人都摸不透自己。
就比如我約你吃這家餐廳，其實是為了滿足自我懷念別的回憶。
並非想跟你締造獨一無二的經歷。
吃的飯是你，看的也是你，品的卻是別處的滋味。
懵然不知情的對方，就傻傻的全心投入這場飯局，兩眼深情的望著一人發光。
所以，同床異夢無分時辰地域，只要有心，都能別有用心。

「他會盡全力無私待你，來滿足自己的自私。」

有一社團同學，畢業幾年後偶然在雪糕店碰面，就聊起這些年的點滴。
人總是對不常見的人敞開心房，逮個機會說下心中事。
畢業後她跟某教授講師相愛了幾年，男的對她寵愛萬分，走遍世界各地。
她想到的沒想到的，男的都會雙手奉上，可謂無可挑剔。
有天無聊，她有意無意地隨口問甚麼時候結婚。
他靜了半刻說：
「妳想要天上的月亮我都可以摘給你，唯獨這一樣不行。」
她一瞬間，整個人僵著了。

經過一番挖掘。

原來一直以來的所有寵溺，都離不開滿足他對女兒的思念。

前妻把女兒帶走了十年有餘，他把積攢下來的想念投放在她身上，以愛之名。

算是彌補自己彌補女兒的方式吧。

我忍不住問：

「就算如此，這些年對妳的愛也是真的吧。」

她苦笑說道：

「是嗎？他女兒一通電話，他把發高燒的我忘得一乾二淨，你說呢？」

之後好幾年都沒聽見她有男朋友。

他給了所有人給不了她的，也永遠給不出她想要的。

這九一比例的帳，怎麼算也算不通。

那九份的寵愛有就叫 Bonus，唯獨那一份叫做永遠。

在愛情裡，都是由一開始的，從來不會由九開始算。

「他是世上最寵你的人，也是世上最不愛你的人。」

我勸說她嘗試結識新對象，她無奈的笑說：

「這世上應該沒有一個人像他如此疼我了吧。」

我說人就是那麼煩，開過最好的車，就再也看不上其他好車。

就算再遇到一架與之相似的。

但每當拿車的時候，都會浮起心中最渴望的影子，能不惦念嗎？

煩就煩在這裡，心裡篤定此生不會再遇見那片彩虹，也懶得去流浪。

甘願留在圈子裡作無限眷戀，也算是種為此情悼念的方式。

古有為父母守喪三年，但若為自己而悼，是會搭上餘生的。

倒不如一杯燙酒，把一切紅塵都喝下去吧。

最愛跟最不愛，都別管了。

「我們是世間最驚豔的拼圖，叫一千負一。」

這種情愛，情之所至，愛而不得。
世間就是愛如此開玩笑，縱使趣味相投，相見恨晚，磁場完美結合。
你覺得般配得非此人不可。
當完全陷下去就會發現，最重要的那塊兒永遠都拼不好。
他在山巔，我在河川，往而不得，忘而不得。
只能收藏眼底，埋藏千年。
要記得，最叫人記得的月亮，總是殘缺的。

吃完三球雪糕，走前她說：
「當你經歷過最美好的愛情，就不會覺得孤獨終老是件很委屈的事。」
真叫我無可反駁。

順逆無境心使然

身後的護蔭，同樣能令你活在灰暗。

近十幾年一直在喊「Comfort Zone」這詞語。
都常揚言要走出 Comfort Zone 之類的話。
其實個個都有一定的舒適圈，無論是 Mentally 或 Physically。
都是人獲得安全感的地帶，想待在裡面，正常。

「能為你遮風擋雨的，也能讓你不見天日。」

有對夫婦跟我們家挺熟的，家中小兒子長期沒有工作。
本以為致電過來是想搭把關係討份工作，原來是討論開店。
我就納悶說：
「他們家不是有自家生意嗎？為何還勞神開個小店，又不一定掙錢。」
之後才明白，他們並不希望兒子如此輕鬆就能有份工作，還是自家的。
寧要他幹別的行業，一手一腳把小店撐起來，學一下生存之道。

他倆雖幫忙開了個頭，但也算硬生生把兒子從最大的舒適圈一把推了出去。
相比其他愛子心切的怪獸，這對算懂事的了。
人被甚麼保護，就被甚麼限制。
想脫離活著的桎梏，就得脫下所有保護裝備，狠狠出去打一仗。

「你說舒適圈會成為人之軟肋，他說終會煉成最強之利刃。」

不得否認，護蔭教人最大的道理。
便是告知人走出去，世界就在眼前，走不出去，眼前就是世界。
如若生於財勢雄厚的家世。
你會選擇做一揮霍無度的紈絝子弟嗎？
永遠安待這無邊的舒適圈，反正千軍萬馬在前頭頂著，用不著動手。

還是巧妙利用背後這大樹的資源，韜光養晦，厚積薄發？
讓舒適圈除了帶來安全感，還穩你後顧之憂，叫人無慮放肆地勇往直前。
不必回頭，不必瞻前顧後，因為你把軟肋煉成後盾，即便失敗，心都踏實。
最多跟命運喊聲：
「再來，我們三局兩勝。」

「我的舒適圈是你，但驅使我不顧一切衝出去的也是你。」

有一位小學同學，她從小做甚麼事都畏首畏尾，膽小如鼠。
經常成了同學堆的取笑對象，活多久弱多久。

直到她嫁給了一造護膚品的生意人，因開拓國外新市場。
她一個人單槍匹馬就做了門店主理人，天天見她招攬客戶，用心推銷。
不但很快團結了員工士氣，許多客戶都成了她的粉絲，難以置信。
同學圈裡起初不敢相信，個個異口同聲：「這可能嗎？她？不會的。」
那個連叫外賣都結結巴巴的害羞姑娘，竟然成了人氣最高的銷量之星。
強不強大？

「天下之至柔，馳騁天下之至堅。」

——老子

所以說，最軟的墊，彈出去飛得最遠；最弱之處必能成為最強之處。
當您最愛那個小小四方的舒適圈，需要您的保護，需要您的力量。
為了那塊心裡的風水寶地，為了成就餘生的安穩。
必須走出去，必須活著回來。

「如果可以，我一輩子都不想出來。」女子笑嘆。
男子看了下她，凝視藍天淡然的說：
「如果可以，我努力一輩子，讓妳一輩子待在裡面，可好？」

辭職就如分手，一拖再拖就一切如舊。

當走遍天下，朋友皆來自五湖四海，會自然發現一有趣的現象。

唯獨只有香港人日日都喊想辭職。

「我櫃桶長期放著辭職信。」我經已記不清這話從多少人的口中聽過。

心想算了吧，今時今日哪有人用實體辭職信的，一封電郵送過去就拜拜了。

其實並非針對只有香港人會想辭職，而是其他城市國籍的人如若萌生辭職的

念頭，基本上一二三就走人了，沒有眷戀，沒有顧慮，都是常事。

一相識大半輩子的老朋友，他年少時糊裡糊塗就進了教育界當教師。

也就是說教師並非他的本願，也是不討厭罷了。

認識他的頭十年，他一直在喊想辭職，我每次都是回他：

「辭啊，還想甚麼？」他總是把話題默默帶過去。

直到有晚居酒屋一聚，我問他究竟為何想辭職，他半醉半呆地看著我：

「就好像自己的人生不是為了自己而活，這麼多年都如此，沒甚麼挑戰性，

又沒甚麼糟糕的事可挑剔，可能是太安逸了吧。」我笑著打趣他：

「你未到四十就到了安逸之年，往後的日子怎麼過啊。」

當然，到了今時今日，他那封早十多年前準備的辭職信都沒有送出去。

「如果不知道自己到底想幹甚麼行業，那就去迴避自己不想幹的工作。」

Charles Munger 最為著名的思維是──請想想如何會令生活變得更悲慘。

當想得一清二楚，知道怎樣會活得一塌糊塗，那就不要碰。

這是非常實用的逆向思維，任何情況下人只要避免殺傷力最大的東西。

就會慢慢走向自己的歸宿之處，甚至步向勝利。

尋找自我如同走出迷宮。

不了解真正想要甚麼，適合甚麼，利好甚麼之前。

就排除所有不屬於自己的路，走著活著或許就到了呢。

「把該走的路都走完了，就頭也不回走想走的路吧。」

特別在西方國家，當意識到該是時候了，他們那種灑脫，叫人佩服。
上午間走人好不好，下午就開車回家吃喝玩樂去。
這般灑脫之人，大多都真找到屬於自己的一片天地，活得痛快。
有一個四十多歲的媽媽有日貿然辭去高薪厚職，跑去做手工蠟燭。
還為自己開了家小店，當時她丈夫可是嚇壞了，勸說了好陣子。

今天雖外人看她沒打工賺得多，也比以前更吃力，通宵不眠的做蠟燭。
但她臉上的氣色炫耀著自在得意，優游自若。
可是比當年生孩子還幸福得多呢。
熬過某些時候，人啊，就該為自己活一次。

「甚麼時候要辭職？就是它再無法滿足你的時候。」

工作就好比談一份感情。
找到喜歡的，每天早上醒來都會急著去找他；
遇到不喜歡的，每天寧可不醒來，永不相見。
每日工作的時間可是佔生活很大部份，我們必須對它有愛，生活才能過下去。

而感情就好比蒸餾水。
人在關係裡吸取的所有智慧，都是在感情裡一點一滴蒸餾下來的。
有多少養份就有多少智慧，當走到盡頭就是盡頭。
工作如是。
當這份工作已經產生不了滿足感，已經無法為你打開新的大門。
擠都擠不出養份的時候，那大概功德已圓滿，可以下山了。
乾脆一點，去找一個能滋潤未來的世界吧。

「拿多少金，能換人活得如此憋屈？」

回想以前一坐下那張辦公椅子，就如坐針氈，瞧時鐘瞧上半天，難受。

就如同一段生疏感情，明明走到盡頭，卻硬要待在一處，把空氣都快要逼死。

這等連五分鐘都不想待的處境。

除了走，真不知該怎麼活。

住得好跟幾多千萬無關，住幾百尺都並非因為慳。

世上唯有一件事情能叫各國的人類團結，還堅持不懈，那就是買樓。
美國有美國夢；中國有復興中華夢；香港雖沒有一官方的夢。
百年下來，香港人依舊把買樓放在首位，十年幾十年，都得熬出塊磚頭。
小有小熬，大有大熬，這大抵算默認的香港夢。

年少時覺得住在豪華屋子裡的朋友真幸福，有大地方活動，各種各樣的好。
生活周邊許多努力勤奮的人，日子過下來，不止打了片江山，生活也愈發高
端華貴，房子一幢比一幢壯麗，車子一輛比一輛限量，但笑容一次比一次的
少。這個又是，那個也是。一年比一年有錢，一年比一年不會開心，當真費解。
難道，變富有真的是快樂的詛咒嗎？

「一個住得好的地方，一定是滿載著愛、詩和遠方。」

張叔叔跟我們家是好友，好到幾乎結為契親，他兒女成群，甚是圓滿。
一路看著他由幾百尺的小房子，一套一套的換，到如今住在單幢別墅。
這畫風可能個個也會覺得幸福無比，人生贏家。
而事實是公司壯到一定規模，兒女都成家了，開始用各種手段去爭權取利。
都為未來如何瓜分財產作一系列的鋪墊，這一切叔叔都看在眼裡，心淡。

所以最後決定任何子女都不見，家不成家，只剩下公事關係。
有次叔來家中作客，與父親又想當年的時候說：
「當年住在新界沒甚麼不好，至少我們只是家人，沒有別的。」
哥哥安慰著叔：「現在也是。」
……
叔淡淡的看過來，笑說：
「你有天天盼著你早點死的家人嗎？」

「麻雀雖小，五臟俱全。小的是家，全的是愛。」

偶然看見公司裡清潔老阿姨，腰骨都彎下去了還在擦這弄那，正替她心疼之時，同事說她兒子都是人才，不是大律師就是生意人，之前還買了一大豪宅讓她養老，我眉頭一戚：「那她還在辛苦幹活？」
原來她打死不願搬進去住，反是一直住在那幢破得快倒的舊樓。
就好奇過去問她為何不好好享清福住好地方，還在這幹累活。
老阿姨溫柔的說：
「我住那大房子一點都不開心，那不是我的家。
就算我老爺子去了，那兒還是我們的家啊。以前他在的時候我們勤力工作，他不在我就不做了嗎？那他會罵我的！」

不少人覺得她就是勞碌命，一點都不會享福。
其實，她只是用她的方式去堅持她認為對的生活，過她認為幸福的日子，
住她感到有家的感覺的地方，充實著呢。
老人家的世界就如此簡單，不會計算，不會改變。
只是牢牢記著丈夫生前教誨，終生如一。

「請記著，我們都在最小最困苦的屋子裡，度過青春最美好的時光。」

回想起年輕的時候，在國外租了個半地下屋，一房一廳，勉強夠用。
但那小小四方住著情之所至，心中所愛。
向外看去一方山水長伴四季，內外皆動人。
那匆匆數年，可數人生最為快活的其中一段時光。
月月清，但日日都快樂；窮得很，但窮得很開心。
沒有負擔，沒有計劃，只有明天。

相比如今是不窮了，但左一籌劃右一未來，活得真不痛快。

絕壁之上無路可走，就看夠這山明水秀。

面前的路，走到盡頭，絕望的風往前刮，連世界都想催人跌落懸崖。
放棄嗎？順應天命嗎？任身子放軟，讓風順理成章地好把你推下去。
這棄權的就不是自己，踩空的第一隻腳也與己無關。
一切皆命運所為，一切皆天地所驅，叫人撒手撂棄的絕不是本人。
這等「失敗」乃天命，這等「不堅持」乃大勢所趨。
此趟人生的始末都不由人，責任何在？

這樣真的，好嗎？
真的，甘心嗎？

「我已經嘗過失敗的滋味，現在換你試一下。」

——《后翼棄兵》

生命從來都是大大小小的對奕，一局接一局，幾局對幾局。
棄權從來都是世上最易的出路，小至人生，大至生命。
但人這一生中，能承受多少次失敗呢？
並且承受了這些失敗，而不至於潰爛呢？
其實，我們都只不過是一顆顆在生命之樹結的蘋果。
看似結實光滑，實質沒扔多少次就瘀青糜爛了。

所以呢，這有限的光陰裡，打爆裝備值、防護值和攻擊值，方為上上策。
讓自己不易被世事擊垮，讓自己難以被命運嚇倒。
總能立於戰場上的人，必定比任何人都瞭解失敗。
失敗來了，咬緊牙關，扛下來，再還回去。
我始終相信。
只要人一天還含著加倍奉還的憤怒，那他就必有明天。
人有明天，等同立於不敗之地。

「行到水窮處，坐看雲起時。」

——王維《終南別業》

當你真被命運帶到了那懸崖邊，當你真被風推及了生死之線。

別慌，記著不止你一個被安排到這棋局當中，人人皆有份，時辰未到矣。

這不，王維也被帶到了水窮之境。

人家走著走著，沒水了，抬頭一看，有雲朵。

有雲，就代表水，在途中呢。

絕望個屁？

再放眼一看，崖前水木清華襯托著旭日東升，霞光灑地。

此情此境，光是慰勞我這雙一生勤勞的眼睛，都未必夠時間。

懸不懸崖、絕不絕境的，管他的。

想想，作為手執黑白子的擔當者。

只要是全力以赴的對奕，都不曾畏懼過敗亡，眼裡看到的只有當下的生機。

因為，絕望的代價太大，不值有，也不敢有。

「要知道，人生這盤棋，全世界都等著你出錯。
別長他人志氣，滅自己威風。」

棋譜一篇比一篇困難，人生一路比一路難走。

可難題的存在，就是要來破解的。

想想，活到此刻，還不是一路關關難過關關過。

用得著正中下懷，讓觀眾都看著你乖乖下錯棋嗎？

區區崖壁。

這不過是往前的風罷了，穩住就行。

區區人生。

這不過是高難度的劇情遊戲，過關就行。

始終，我們可是課夠本兒來玩的。

打工從不可恥，忘記生活而打工的人才是病態的極致。

曾經聽過一位落魄的生意人說：

「當淪落破產只有超市願意請我。我穿上圍裙蹲下來包裝蔬菜，都忍不住哭起來。我以前都不覺得原來打工那麼難受。」

打工難受嗎？不。

難受的是他那樽鹽，從沒放下。

還不自覺的有空灑一灑，不時提醒他別忘了自己曾經是老闆的身份。

一把鹽灑下去，刺痛。

這是個典型身心被寵壞的例子。

好比現代的家庭主婦，自有了工人姐姐後就不再懂怎麼去做家務一樣。

只要日後再請她做那麼一陣子的家務，都覺得羞恥，覺得委屈。

因為心裡不自覺認定了這已經是下人幹的活。

與她的身份不配，難受。

「任何全力以赴的人請挺起胸膛；任何坐享其成的人請閉嘴享用。」

除了這類不能屈不能伸的例子。

這個社會還有不少中上產以上的「貴人」。

即管嘴上不說，心裡卻以打工為恥，以打工為醜。

一般會有這種想法的人，都沒有真正在社會上打拼過、流動過。

他們只看得見社會上的版圖與高度，只知道甚麼是低層，甚麼是高層。

其中間的差距他們毫不關心。

閣下怎麼游上去滑下來的，不重要。

這獨有的認知裡，彷彿非是高層就屬低層，非黑即白的區分人的等級。

其實也只有以貴賤區分人之貢獻的人，才會以打工為恥。

清晨為您清理街道的婆婆都還未以您為恥呢。

「一生都不要忘記，我們，是為了生活，才開始工作的。」

先撇開病態工作狂不說，因為病，是能醫治的，不絕望。
世上大多極端的情況都不難處理，因為能把自己推向地獄的人，也絕對有本
事去另一邊的天堂，只是視乎當時人想，或不想而已。
反而，在兩極之間不知不覺地走向惡劣那邊，此位置比較尷尬。
溫水煮蛙最厲害的地方是，過程中當事人還會自我說服，自我洗腦。
日子久了一切皆合情合理，從內到外把人毀了，就算腐爛到骨子裡都不自知。

「一天就二十四個小時，你早晚上兩份工作，就只剩下四五個小時休息。
有時候還是斷斷續續的，你為的是甚麼啊？」
男友人懊惱地問他早班的同事小然。
一番長談後才悉知小然的苦心，原來他是個愛妻之人，孤身隻影每日打兩份
工，就是為了給住在黑龍江的妻子買房子，和定時候的生活費。
「那房子買了嗎？」我瞪大眼睛好奇地問著。
「買了買了！首付給了現在更辛苦了！上三份工只為供樓。」
男友人無奈又帶點生氣地說。

他氣的不是錢和女人，而是痛惜他不懂愛護自己身體。
把自己的身子累壞不說，腿上還腫起一扎扎的青筋，典型的靜脈曲張。
不少人會覺得一個願打一個願挨，自找的沒辦法。
若問小然，想不想去旅行，想不想休息幾天過不著急的生活。
他也許想過，但最後身子不還是跑去工作了。
在小然也想有生活的同時，他的腦子驅使他只能選擇工作。
因為只有這樣才能麻木自我，事情才得以進行下去。
腦袋很聰明，如果人再前踏一步就能看見真相，而真相是本人不能承受的。
甚至是種毀掉信仰的後果，它不會叫你踏進去，安坐於此就好。
或許他內心也想最好不要知道自己在幹嘛，因為一旦去想，就天崩地塌。

「先苦後甜是教誨人不要怕吃苦，不是教人不要吃甜的。」

不少老前輩總把「做人要先苦後甜」掛在嘴邊。

一邊希望後輩不要怕吃苦，一邊不希望後輩只顧享樂不工作，先甜後苦。

無可否認，如今普遍的生活質素確是不低，花天酒地隨手可得。

不少年輕人都快忘了生於世上除了吃喝玩樂，其實還有其他事情的。

記得一位在上海的朋友曾經說過：

「現在的年代，就是年輕人不肯幹，老年人不肯不幹！」

林叔也是握著先苦後甜這隻中指而活的中老年人，他在工作上可謂是優等生，負責任，願吃苦，不怠慢，不計較，還常教導孩子：

「吃了虧就是賺到。」

但在生活上卻拿得一個徹徹底底的負分。大半輩子裡一星期七天從不休息，假期都是社會的假期，與他無關，即便是過年那幾天，也不例外。

子女三番五次邀請他去旅行，他總是說：「要工作，你們去吧。」

年過六十，一生都沒到訪過幾個地方。

活生生把自己困在工作的黑洞裡，任誰都拉不動。

林叔或許一開始真的是為了養活妻兒，才開始拼命的工作。

現如今，他應該早就忘了初衷，是為了自己跟家人有更好的生活才幹的活。

而不知不覺養成了奴性，陷入了不折不扣的勞動循環裡。

工作？有了。財富？賺到了。子女，出身了。

生活？早沒了。

「有時候，工作比金錢更能迷惑人心。」

對不少的人而言，要解憂，非暴富不可。

金錢雖然不是萬能，也不能買幸福。

但至少能把您的世界變得更溫柔，讓您敢於活在這個世上，大方行走。

人之所向，合理。

但對於某些人而言，特別是工作了大半輩子的人，工作是唯一不可放棄的東西。你可以叫他放棄假期、放棄健身、放棄與家人的時間，唯獨不能不工作。
小時候我是完全理解不了這到底是甚麼概念，只能以「奴性」稍為解答自己。
但他們真的只是奴性驅使嗎？是或不是。

對於他們來說，賺來的財富是交易完成得來的東西，公平就行。
至於怎麼看待財富，他們沒多大的看法，是多是少，根本不重要。
完全不能構成到底幹到甚麼時候停下來的一個人生疑問。
缺不缺錢，升沒升職，上不上市，這一切都不會是勞動的終點。

因為，工作這回事，已經成了他們一生的信仰。
人呢，沒了甚麼都行，唯獨對生活的信仰不能沒。
所以，誰說沉迷金錢不好呢？
至少得到了錢，會懂得享受人生，分享快樂。
總比沉迷一件會沒了生活的信仰為好。

「生活不是奢侈的事。教你不去生活的玩意才真正奢侈。」

如果覺得生活對你來講是很奢侈的。
那要麼就是你的生活太貴，要麼就是令你放棄生活的「東西」太貴。
不過，相對論下，貴或不貴，都是自己內心的度量衡決定的。
如果你要求的生活太貴，那把它稍為降低一點，不就完事了。
風景，不一定要在賓利上看才美的。

如果有「東西」能叫你放棄生活都要去做的，那你的生活是不是太便宜了。
是不是要重新把自己放上去秤一秤，學習如何用餘生好好愛自己呢。
人的生活哪能是區區工作就能買的。
說值得您奉上一生都得去幹活的人，不是老闆就是智障。

與君初相識

猶如故人歸

舊時的愛情又長又慢，一生愛到一人都覺得有賺。

聽老前輩「想當年」，一邊碰杯，一邊小酌，面紅耳赤，陶然而醉。

我們這等後輩除了只有聽，便是接招一杯乾完又一杯，忙得很。

一輪你我斟漫飲，大伙兒都眼咪咪傳染睡意，沒倒下的只剩幾塊老薑。

老阿姨紅著小臉，突然說起跟老叔叔的愛情故事。

他倆唸同一所大學但不同學院，見面的機會本不多。

那個年代會談戀愛的學生也不多，或許都想專心完成學業，早日光宗耀祖。

他們是大一便相識但並不熟，就有時碰得著面，打打招呼。

對面的人問：「那不就沒戲了嗎？」阿姨笑著說：

「碰巧的是每當碰見他，他總是會剛好手裡有水果送我，都說著同一句話。」

「甚麼話？」她溫柔的說：「要補充營養。」

接著到畢業都沒發生任何驚天劇情，但水果可是送足三年，風雨不改。

看似君子之交淡如水的背後，兩人其實早已情根深種，默許終生。

如今年過六十，恩愛如初，每早都有切好的水果放桌上。

「我本手持三尺長劍，想要行走江湖，途中遇著你，我覺得可以停停。」

所謂「只羨鴛鴦不羨仙」大概就是這種感覺吧。

以前看《倩女幽魂》讀到此處覺得愚不可及。

鴛鴦有甚麼好的，勞神傷身，又不一定有結果。

不知道是否看多了武俠書，總感覺兒女私情太煩了，是包袱。

做神仙就不一樣了，得自在得大道得智慧，多充實啊。

但此刻看著老阿姨那雙年邁又含蓄的眼睛，老叔叔一言不發的羞澀微笑。

頓覺他們根本沒老過，眼裡的對方都依然是大學時期的模樣，新鮮得很。

嘆了口氣，做人能得此情，甚麼自在甚麼成仙，不要也罷。

「爺爺說：我不小心碰了她的腰，我怎能不娶她。」
「奶奶說：我吃了他送的桂花糕，我怎能不嫁他。」

小時候看電視劇，總有不知從哪冒出來的三姑六婆，一張口就開罵：
「不是以結婚為前提而談的感情，就是玩弄感情，耍流氓！」
以前舊時的年代，開展一段感情，就必須以婚而論，方為正人君子。
在電視機前的小姨子：「至於嗎？不就是談戀愛罷了。」
到了我們的年代，戀愛再也不是論婚嫁的專利，也到了說走就走的時代。
到了現今的速食年代，開個 APP 隨手一搖，要甚麼地區的、要甚麼國籍的、
要甚麼年齡學歷的，都一覽無遺，任君選擇，約了出來不喜歡還能拍拍屁股
走人，反正永不相見，無須負任何責任。

以前八九十年代，奶奶說這怎麼行，成何體統。
現在不知算甚麼年代，我說這些玩意兒不行，會把人弄得爛透心的。
所以，老人無分時代，只要時間過了，就都有意見，都會皺著眉說：「不行。」
在如今的寧濫勿缺的大氛圍，想找一個正經人家可難了。
因為永遠不知道面前的人有沒有一邊跟你吃飯，一邊在電話裡約別的異性走
下一場，幾個漁網一把撒下去，過後分分鐘都記不起你叫甚麼名字了。
這年頭，奶奶舊時以婚而論的感情世界，真讓人好生羨慕。
就算沒一人合適都不要緊，至少每個人在感情上都是認真對待的，沒也無悔。
不像如今的光境，渾濁到連叫人踏出第一步都提不上動力。

「如果我們生於舊時，會不會就這樣過下去？」
「應該是吧。」

忍不住好奇一下：「以前的人都這般長情的嗎？是如何做到的？」
老阿姨半醉半醒嬉嬉笑著說：
「以前等個 EMAIL 回覆都等好幾天，哪有那麼多心神三心二意！
是嫌等一個人不夠苦啊。」

是啊，能把時間無知無覺地拉長的，非等待莫屬。

現在一對藍剔，一個已閱，故事就完了。

一下半秒，點下封鎖，就已然生生不見，無仇可報。

科技把人溝通的速度縮短，但把人的距離也拉扯得太遠太遠了。

期待、醞釀、按捺、憂鬱、抓狂、絕望……這些為愛無眠的好配料。

在這個年頭，統統都一概省略，講求的叫實際，過程不重要，都是結果論。

一段現代感情分分鐘還沒入肉就速速了之，下位補上。

果然廿一世紀講究的還是效率。

這時候，與我們最熟稔的服務生手拿──支紅酒，一杯斟著又一杯：

「以前是留得青山在，不怕無柴燒。

現在是只要地球在，哪怕沒人上。」

……

醉了八成的老叔叔突然大喊拍掌：

「好詩！」

年輕之時活得太便宜，人生根本無意義。

筆下的便宜非但指錢財上的價格，更多是指價值下的輕重。
所謂價值，孰輕孰重，無法客觀，只有自己知道。
一盞小茶杯我或會視若珍寶，一枚非洲之星她也可能視如糞土。
世俗設定的價值從來只為市場利益用途，與自己無關。
真正決定其價值的只有自個兒內心才知道。
你是如何待你自己的，也只有你才知道。

「不要被貧窮限制了想像，因為有錢也可以活得廉價，活得無趣。」

常言道「錢財是個禍害」，說得不能再對。
並非說錢不是個好東西，它確實是個管用的東西，但容易迷惑人心。
錢財這玩意，可以成為手中利刃，也可以是手裡那把突然走火的手槍。
視乎人懂不懂它；會不會用它；理不理解它。
今天扶搖直上九萬里，後天神推鬼拏從高處狠狠摔死。
破立皆在一念之間，那個一念，或許就一秒的事兒。

說起錢財，是因為錢能買快樂，也能埋沒快樂。
腰纏萬貫之人日日從早上去沙龍、中午去購物、下午茶去酒店。
直到晚上的應酬，整天下來花的錢如流水般不可估量，日食萬錢。
如果錢能買快樂，他們每天撒出如此多的金，只為一個度日。
那世上最富有的那堆人，理應是人類最幸福之頂層。是嗎？

「我覺得自己活得真廉價，身家雄厚卻沒一樣買到我心歡喜。」
章阿姨嘀咕著說。
「那應該是妳太貴了吧。」我喝了口茶。
可能很像我有意忽悠，但說實在的，真不知如何為其解憂。

世人解萬憂只求一個暴富，富人要解憂我哪來的本事接話呢？

這位萬能的阿姨，年僅五十。天下之大，凡人碰到的玩意她都見識過。

在世上的日子不多，當所有慾望都不足以滿足自己的幸福指數。

那，該是多悲哀的事啊。

「你對自己好都不捨得，是想把福氣存到來世嗎？」

說起錢，當然少不了那些忙著省錢，忘了自己的人。

當真想問問那些人：究竟是你自己不重要，還是你的錢比甚麼都重要？

有個非常遠房的老婆婆，她終其一生都在存錢省錢。

這本該是美德，不知道的人也許會說她真是好女人，持家有道，不揮霍。

但她不要說花錢買快樂，連洗澡都會偷偷去附近體育館洗完才回家，免得多交水費，家裡的電器沒甚麼事都不准開。

總說：「電費貴！」

或許會想，是不是她家境有問題，經濟狀況支持不了日常生活。

實情是她兜裡的錢都可以買好幾個東南亞小島了。

所以說貧窮真是限制了人的想像。

一切以為都只是以為罷了，別忘了錢是會迷惑人心的東西。

迷惑她，迷惑你，迷惑我。

又可能想，或許她只是想把財富留給下一代，盡為人母之責。

實情是她根本無兒女，沒有近親。更沒有生活，沒有人生。

每逢過年有緣與她丈夫通電話，老公公總說：

「她這人無福消受這個世界，別管她。」

這是個頗為極端的故事，人人都覺得是少有的這類例子，其實大有人在。

因為這世上省錢省上癮的，或許就站在旁邊。

省歸省，千萬別省出個病態來。

「不懂對自己好的人，多買一杯 Starbucks 都覺得是罪過。」

罪惡感是怎樣來的？

就是覺得那事情自己本不該做的，那玩意自己本不該有的。

就產生這種自我審查的強烈之感。

人之可貴是因為吃了智慧之樹的果實，有了善惡之分，因而有了罪惡感這事。

罪惡感審視的是善惡，君子有所為也有所不為。

但甚麼時候還用來審視貴賤呢？

婦人買個小包包送給自己，為何就不可為呢？為何是種「罪過」呢？

會被婆家指責用錢不當，揮霍無度，甚至會被形容為不孝兒媳。

她只不過想對自己好點，買一點快樂罷了。

「大善大惡可以琢磨，小樂小趣無須糾結。」

初中時期，當時很想湊著熱潮去學打網球，又想買最新的手提電話。

家裡給了一筆錢，說只能選一樣。

讓我自己決定到底用來學打球還是買電話，應該想看我的花錢態度吧。

我琢磨了許久，雖然不能跟同學們一起打球很可惜，但還是選了買電話。

姑母氣著說：「你寧願買電話都不去打球學身本領，真沒出息。」

其實並非我不想學打球，只是覺得買了能聽音樂的電話，我會更加快樂。

就這麼簡單而已。

您覺得選打球是對是懂事是乖巧，我覺得買電話是快活是享受是突破。

沒有毛病，沒有衝突，更沒有對錯。

人只須為快樂的人生而活，無須為別人期待你的樣子而生存。

只要不是傷天害理，追尋讓自己開心的事情，怎能以罪過而論呢？

撥弄你萌生罪惡感的人，只是想讓你忘了自己，乖乖走他們期待的路罷了。

不知道算不算一種道德綁架呢？

「不揮霍，枉青春。」

人啊，千萬不要在年輕的時候活得太便宜。
因為人愈大，慾望愈多，滿足感愈少。
然而人愈老，慾望少了，能換成滿足感的，就愈發難找。
所以，在自己風華最盛之時，最容易把幸福感打爆錶的時候，必須活得漂亮。

有一句老話說：
「最漂亮的衣服要在最燦爛的年紀穿。」
年輕嘛，當然要穿美衣服，吃好東西，談一場難忘之情。
難道要等老了皺著皮才躲在衣櫥穿嗎？到老了少了顧忌才敢揮霍嗎？
到時候再怎麼揮霍，也換不來當初想要的震撼感。
因為最好的煙花，只配青春；最好的婚紗，只配少女。
花啊，錯過了盛開的時刻，就再也開不起來了。

「不折騰，枉為人。」

「那你算是活得便宜還是不便宜？」
「不便宜。」
「那你幸福嗎？有意義嗎？」

男子笑說。
「不。」

會跳廣場舞的爸媽，都是懂人生的專家。

老話說：「家有一老，如有一寶。」
家裡有老人家，多半是有福氣的家庭。
就好比一個小鳥巢，三生有幸長於樹蔭下，默默被守護看顧大半世紀。
雖則算不上強大的護盾，但至少八方風雨下都保你一個家的感覺。

「願所有為家庭奉獻大半生的老人，下半生都能為自己而活。」

平日戶外跑步的時候，總喜歡跑到另一邊的碼頭看看。
因為定時定候就會有堆大媽在廣場的左邊跳起舞來。
她們選的歌曲可新潮了，基本上大部份我都沒聽過。
有些時候多搭了船，就自然跟得上當時的流行曲。
廣場的右邊則是聚集了大堆不同品種的狗狗，有高有小有壯的，多熱鬧。
都是老人帶著自家狗狗出來溜達，聊心得聊家常，算是新式聯誼吧。
左邊的老太太，右邊的老人與狗，他們都笑得開懷，聊得暢快。
有甚麼好得過，到老了還能與大伙兒一同過日子，體會未知的樂趣。
每天認識新的朋友，每天都活在當下，只爭朝夕，不負韶華。
做趟人嘛，不過是想無時無刻活在屬於自己的世界罷了。

母親有位住在加州的遠房親戚，家中長女，從小到大照顧弟妹。
長大成婚後照顧丈夫子女，到如今六十有餘愈老愈忙，湊起孫子來。
就算子女勸說讓阿姨照顧就好，叫她去遊山玩水、回家鄉看看朋友。
她也從不願意，說不是自己親手打理就不放心，總說：
「沒事！你們去玩。」
有時候想，她整個人生，到底有沒有為自己活過一天。
正如張愛玲所說：
「鐵打的婦德，永生永世微笑的忍耐。」

「從小您就教我珍惜光陰，如今我請您不要浪費餘生。」

要一個家中老人，特別是女人，放下家裡瑣事。
無後顧之憂地過自己的餘生，是很有難度的一件事情。
畢竟他們花了大半輩子操勞家中每一件事、每一個人。
要他們學會「放下」，難於登天，這大概就是華人家庭的命。

有時候亞洲人，就當學學西方家庭看待人生的哲學。
他們著重的是個人的人生，甚麼年紀就幹甚麼樣的事，方為正道。
就像鳥兒到了適當的年齡，就得學飛，體會世界，克服恐懼。
不能再依靠父母親每日每夜為你獵食，飯來張口。
子女到了十八歲都傾向搬離家，到老也不用因為照顧兒孫而沒了人生。
每天只管雲遊四方，喝著一杯咖啡坐一個下午，看著夕陽墜落大海。

在華人眼中或許會覺得自私無情，不負責任，只顧自己快活。
在西方世界裡，每人生來便是個體，值得有自個兒的人生。
該成長的就得面對，該闖盪的就得離開，該負的責任就得自己擔。
有年聖誕家宴，德國小伙子問他爸為何不幫幫帶孩子，訴說其中辛勞。
他父親看著報紙淡淡回道：「我怎麼不記得你祖父母有湊看過你啊？」
當下大伙兒都笑而不語。
西方國家的人無論老幼都獨立有個性，都是從小到大培養出來的。
只談家庭溫暖之情，不談血緣親屬賣的人情。

「你知道嗎？你為了過人生而忙得不可開交的樣子，太幸福了。」

大姑媽終其半生都不做運動，基本上半輩子都是過喝茶購物打麻雀的日子。
最多也是走走路，典型的大碼太太，還常常無事呻吟，抱怨人生無趣。
直到有了三高警號，機緣巧合下被朋友約去廣場舞會，由半推半就動動手腳，
到每日堅持練好舞步，短短兩年從加大碼穿到中碼，如今都當上領舞了。

有次飲茶忍不住逗逗她：

「妳不是老說日子過得無聊嗎？要不我們去歐洲走一圈？」

「不了，我舞團怎麼辦！現在我可是前輩呢。」她得意的秒回。

「請認準屬於自己的活法，矢志不移，活到底。」

有時候，看到一個個老前輩活在當下，日日喜容可掬，愈活愈年輕。

反倒是自己，忙沒他們忙，笑沒他們開懷，愈活愈平淡，難掩老氣。

或許每人年輕之時，都會被社會打磨得愈發老練，圓滑沒菱角。

而到了五六旬年，就學著怎麼找回菱角，爭回該有的半生風華，不枉此生。

世界急著把人變成大人，大人趕著變回稚氣衝勁的少年，真折騰。

算了吧。

我還是繼續受著世人的嘲罵。

好好活我的任性鬆懶日子，好好享我的揮霍洒灑之歡。

反正，人生一場，長樂未央。

嘗盡百年醉生夢死，都不夠呢。

手足之情看起來沒心沒肺，卻在世間最難能可貴。

每當聊到兄弟姊妹的話題，友人們總一個興起說起自己手足的「醜事」。
吱吱喳喳的說得多來勁啊，可謂滔滔不絕，連槍掃射。
一陣陣嘲笑聲夾著無限的溫情感，可數是人生其中一件賞心悅目的樂事。
「糟了，我怎麼理解不了這兄弟姊妹的樂趣呢，真因為是獨子嗎？」
其中一個男友人疑惑的笑道。
「那就當作小故事聽聽吧。」
我笑了笑說。

我呢，並非想敷衍。
手足之情，就如愛情一般難以用言語講得清楚。
對面的友人雖說得姐姐有多髒、弟妹有多欠揍、小時候多不公平等等。
又怎麼解釋其實她心底裡有多愛他們呢？
這種又軟又硬、又愛又恨、又疏又親的感情。
生為獨生子女，大概一輩子都難以明白。

「日子走到多遠，我們都是當初打鬧相擁的少年。」

初中時期，偶然發現鄰座的女同學手上多了一條很長的紅色疤痕。
「噢這是甚麼回事？痛嗎？」
我瞪大眼睛問道。
「沒事！昨夜幫我弟擋了一抽鞭子而已！」
她得意又淡然的接著說：
「反正他欠我一頓大的，我又可以叫他請我吃好的了。」
好記得那天我們在小賣部像個大爺的狂買，她弟就邊罵邊付錢。
感覺，是特別爽。

兄弟姊妹間的感情很是奇妙。

平日裡不少跟你打架，說盡天底下最惡毒的話，比誰都愛捉弄你；

最喜歡在外人面前把你的醜事恨不得傳千里。

但在你被打的時候，會奮不顧身的摟著你，擋上最痛一擊；

在你被欺負的時候，會吃了壯膽藥般替你出頭。

就算傷人一千自損八百也不在乎；

在你失戀心靈受到傷害的時候，比親爹娘都能理解你。

隻字不語陪你看海看天看遠方，陪你一同難受一同康復。

「手足之間沒恩情要還，我們生來就注定虧欠。」

人都偏向有種錯覺，就是覺得家人裡的所有事情，都屬「應該」。

媽媽每日煮飯給你吃是正常的；

爸爸為你供書教學是應當的；

兄弟間不計較恩怨是平常的。

所有愛裡的付出與犧牲都冠上「應該」二字，變得普遍，變得廉價。

就好比任何一個朋友替你擋上一鞭，都會珍而重之。

頓覺自己欠他一份人情，日後要以更多的友誼去還這份恩情。

但換作是家中姐姐替擋上，甚至手上留下了長長的疤痕，可能就一句：

「好啦謝啦！下次請你吃個麥當勞吧！」

然而可能不到半天，又吵起來了。

其實這並不是無情之舉，更不是姐姐的義氣不值錢。

只是親人間有一種無言牽絆，從未說明。

但只要是家人都深知的一個道理

——家人從不談虧欠。

因為要是計較起來，三世輪迴都未必算得清還得上。

反正一開始我們都欠著對方而來，又何必計較這一鞭半鞭的呢？

「就算全世界不敢跟你說真話，我也會毫不猶豫的一一道出。」

真相就像口中含著的刀片，只要吐出就得流血。
有些真相即便是父母都說不出口，因為在乎子女感受，怕心靈受傷。
友人的小妹性格頗有缺陷，不懂且不敢跟異性交際。
甚至演變到有點不屑男人的情況，因此快到女人三八都沒談過一次戀愛。
身邊的朋友同事一直以來都隻字不提，甚至父母親都裝作不介意。
老說：「爸媽養妳一輩子也樂意。」

但友人只要每次見著她，都會「小姑婆」的打趣叫著，兩人就自然對罵起來。
直到父母忍不住罵他為何要傷害妹妹的時候，他說：
「如果連我都不敢提，她永遠都不會正視自己的問題，您想她孤獨終老嗎？」
外人怕戳著痛處得罪人，而這個禁區，身為手足，必須大方坦然踏進去。
真正的兄弟不怕你恨，只怕你錯。
即管是取笑謾罵、嘮叨不絕，都會設法把真相傳遞於你。
當然，如今她妹妹也快能辦四十大壽了，也孑然一身。
苦了他這些年當的醜人了。

「你知道嗎？就算沉澱數十年，還是一見你就哭。」

陪母親搭船去一座偏遠的小島，說是探望她多年不見的二姐。
據說她倆小時候形影不離，但嫁到外國以後就沒再見面。
下了船剛走出碼頭，不遠處有位大媽大喊：
「三十年不見，妳怎麼還是那麼肥啊！」
「妳也是，幾十年還是那麼討人厭！」母親刻薄地打趣說。
二人懟著罵著就哭了上來，一邊罵人一邊擦眼淚。

我，除了傻笑，遞上紙巾。
就只能羨慕。

當人人都說前面是坑，你就知道已經有人爭。

這世界眼光獨到的人，不到地球人口 1%。

由此可見，大多數人都沒有獨具那隻慧眼。

另外 99% 的人，大概也只是芸芸眾生的芸芸和眾生罷了。

你是，我是，他也是。

始終一個時代也只得一個 Elon Musk。

雖聽起來悲觀，卻能總結一句樂觀的話：

「千萬不要相信平凡人口中的『不』字，他們沒這本事去否定人。」

「別人認為你做不到，是因為他們自己做不到。」

——王維基

人家說好的，大抵都沒剩多少你的份兒了。

人家說不的，大抵是找對點兒了。

只不過，熬不熬得過千夫所指，受不受得了萬盆冷水，又是另一回事了。

萬事起頭難，難的不在萬事，難的是風雨太大，抬起不了頭。

把頭抬起了，認定這條路，不要問走多久。只管瞇著眼，把它走完。

抵得住一切，就叫創造。抵不住，創意罷了。

「所謂無底深淵，下去，也是前程萬里。」

——木心《素履之往》

友人分享以前唸演藝學院，一位導師對處於瓶頸位的同學說：

「如果你覺得現在是懸崖，跳下去吧！跳下去就海闊天空的了。」

或許。

個個都說是水斷陸絕的地方，才值得去闖盪；又或許。

大大的骷髏牌插在那兒的地方，後面才是仙境。

反正站在此處，橫豎一個平凡人生，到底也就一死。

何不颯然一跳，一覽別處風華。死或不死，管他的，說不準還會飛呢。

「愈被否定，愈有做的意義。」

「當手術後被宣告我右腳神經全部壞死，意味下半輩子都不能再跳舞。
我偏不信，我偏要一步步的走，一下下的練，由單腳，到雙腳落地。
三個月後，我再次站上舞台，跳給你看。」
舞蹈家金星在節目上憶怵當年大手術的後遺症，個個都說她再怎麼愛舞蹈，
也必須得放棄，因為神經壞死是無法再跳舞的，勸她接受現實。

在她把後半生計劃好還能如何在舞蹈界奉獻時。
她一想，橫豎都是廢，不如撒手一搏，搏它一個動起來。
幸之，天不負有心人，真給她動得了猶若殘廢的腳趾頭，如鳳凰涅槃重生。
如今她雖已年過半百，但每當憶起這經歷，還是會兩眼泛光，哽咽不下。
可謂意志力少丁點兒，人生都得正式報廢。

**「如果地球只有兩種命運，要麼生要麼死。我們的祖先一開始經已選好了。
所以，在滅亡之前，沒甚麼是不能做的。」**

「把不可能變成可能」始終都是人類骨子裡的基因代碼。
明正言順最愛瞎折騰的物種。
古有身體不能飛而造飛機，今有星球不能住而移火星。
鬧不鬧騰？強不強大？
在人類社會裡，只要那件事聽到大眾反對的聲音、消極的判斷。
就自然而然有人心癢癢，等著把它實現，公諸於世，狠狠打一巴掌貢獻人類。
彷彿有把聲音總嚷嚷著：「你說不行是吧？造給你看！」
AI、3D打印、Space X太空產業皆如是，都是頂著世人的「不」而拔出來的劍。
這是我們文明進步神速的原因，也是我們無法阻止滅亡的原因。

反正都逃不過覆滅，狠狠幹一場，最多也就失敗一死。
或者，移居火星。

「志合者，不以山海為遠。」

——葛洪《抱朴子・博喻》

感謝您看到最後，我想我們已經是朋友了。

那麼，下次再見。

Life 061

書名：	情真若真
作者：	程日禎
編輯：	AnGie
設計：	4res
出版：	紅出版（青森文化）
	地址：香港灣仔道 133 號卓凌中心 11 樓
	出版計劃查詢電話：(852) 2540 7517
	電郵：editor@red-publish.com
	網址：http://www.red-publish.com
香港總經銷：	聯合新零售（香港）有限公司
台灣總經銷：	貿騰發賣股份有限公司
	地址：新北市中和區立德街 136 號 6 樓
	電話：(866) 2-8227-5988
	網址：http://www.namode.com
出版日期：	2022 年 2 月
圖書分類：	散文
ISBN：	978-988-8743-68-1
定價：	港幣 88 元正／新台幣 350 圓正